死に戻り令嬢は憧れの悪女を目指す

暗殺者とはじめる復讐計画

1

アッシュ・ユーリフェリス・クレスタ
王国に蹂躙されたヴィルカス連邦出身の暗殺者。アーネスト公爵家に復讐し、奪われた宝『女神の右目』を取り戻す目的のためにキサラと手を組む。
キサラ・アーネスト
悪名高いアーネスト公爵の娘。数百回殺され続ける死に戻りの結果、開き直って超ポジティブ思考に。『悪女』らしく生き抜くため、暗殺者アッシュと手を組むことに。

ファビアン・フルニエール
フルニエール広報社を経営する。やり手の新興貴族。
ヴィクトー
市民活動家。思想は過激だが物腰は柔らか。
アンリ・マルス・イムリシア
王太子殿下。顔に似合わぬサディスト。婚約者を虐待するのが趣味。
クラーラ・ロンベル
ロンベル公爵令嬢で、王太子殿下の婚約者。秘めた恋をしている。

死に戻り令嬢は憧れの悪女を目指す

暗殺者とはじめる復讐計画

1

CONTENTS

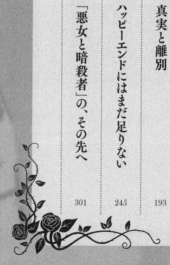

プロローグ　羽化《うか》する悪女と暗殺者

『私は幸せを味わい尽くしたわ！　贅沢《ぜいたく》も恋も、女の楽しみも――何度も何度も、飽きるほどの人生を繰り返しながら！』

唇から血を流し、スポットライトを仰いで高笑いをする、真っ赤なドレスの悪女。

彼女の名演技を、私――キサラ・アーネストは今夜も観客席から楽しんでいた。

舞台は大人気の恋愛喜劇。スポットライトを浴びるのは悪女役の女優。

劇中で悪女は何度も死に戻り《ループ》を繰り返し、悪行三昧《あくぎょうざんまい》を楽しみ続けた。

しかしヒロインの奮闘によって遂に能力を失い、暗殺者に殺されることになる。まさに今、舞台では悪女が刺殺されるラストシーンが演じられていた。

暗殺者は暗殺目的のため悪女に近づき、恋仲になっていた。

悪女は自分を騙《だま》していた暗殺者に怒りもせず、微笑《ほほえ》んで彼に口付けて笑う。

『愛したあなたと死に戻り《ループ》を終えるのなら、それもいいわ。私は十分楽しんだもの、人生を』

愛する悪女の言葉に、暗殺者は震えるナイフを取り落としそうになり――しかし決意を込めて、彼女の背に更《さら》に深く刃を入れる。

舞台の中心、二人は強く抱きしめ合う――そして二人を残し、舞台は暗転する。

明るくなった舞台には女も暗殺者もいない。

舞台上にはただ、真っ赤な薔薇《ばら》が降り注ぎ、悪女の死を表していた。

数えきれないほど眺めた舞台でも、私は毎回初めて見るように惹《ひ》きつけられてしまう。

——綺麗《きれい》ね、舞台上の死は。

本当は死んだって、こんな匂いなんてしないことを私は知っている。死ぬのは苦しい、死ぬのは痛い。匂いも最悪だ。どんどん体が使い物にならなくなっていく絶望感は、本来なら二度と味わいたくない。飽きるほど味わっているけれど。

私はこの後の流れも知っている。舞台に立つ位置、ドレスの皺《しわ》の一つ、全ての来場者の顔から行動まで、百回をゆうに超えた死に戻り《ループ》ですっかり覚えてしまっていた。

私——キサラ・アーネストは。

死んで死んで死に続けて、数えきれないほどこの夜を繰り返している。


一年前——父が起こしたヴィルカス連邦への侵攻を記念するパーティ。その夜を起点として、私は数え切れないほど死んでいる。

死んではまた一年戻ってパーティ。死んではまた一年戻ってパーティ。何度でもこの繰り返しだ。

死に方は色々だ。市民革命で死んだり、父や兄、はたまた使用人に殺されたり。街に飛び出して、強盗に刺されて死んだり。とにかく笑っちゃうほど死んだ。

まだ数えられるくらいの時は繰り返しの恐怖に錯乱《さくらん》して、叫んで暴れた。逃げたりもしたし、生きることに絶望したりした。

けれど泣いても絶望しても、結局運命は変えられないんだと悟るだけだった。

そしてついに私は――百回を超えた死に戻り《ループ》の時、うっかり父を花瓶で殴り殺してしまった。正当防衛よ、一応ね。

けれど私を何度も殺し続けた父が、ちょっとの抵抗で呆気《あっけ》なく動かなくなった時、気づいた。

何度も起点に死に戻れるのなら、いっそ何度も試行して生きる道を探せばいいのでは、と。

私は気づいてから、己《おのれ》の死を代償にチャレンジをし続けるようになった。その苦労のかいあって、今では殴られたときに痛みを逃す方法も覚えたし、逃げるために必要な知識――貴族社会の人間関係も、この国の仕組みも覚えてしまった。

けれど結局、私はまだ数百回死に戻り《ループ》を繰り返しても、生き延びられていない。

一年だけの死に戻り《ループ》では焼け石に水なのだ。

私の体は十七年間の虐待でボロボロ、立場もか弱い妾腹《しょうふく》の公爵息女でしかない。味方は誰もいない。詰んだ状態での再スタートなんて、何度やり直しても難しい。

それでも。


――客席で人々が起立する。私も急いで立ち上がる。

舞台ではカーテンコールが行われていた。悪女役の女優は晴れ晴れとした笑顔で、ヒロインとヒーローと暗殺者と、手と手を取って辞儀をする。

彼らは海を越えた隣国、エイゼリアからやってきた劇団だった。

鳴り止まぬ拍手の中、彼らは王国の要人から次々と花束を手渡される。ヒロインと恋に落ちた侯爵役の彼に近づくのは、金髪の美しい天使のような令嬢。クラーラ・ロンベル公爵令嬢だ。

私の父、アーネスト公爵を蹴落として宰相の座に収まったロンベル公爵の一人娘、この国で最も尊い令嬢の一人。可憐《かれん》に微笑む彼女は、まるで現実世界に愛されて生まれたヒロインのようだ。

しかし私はループの中で知ってしまった。

彼女が花束を渡すヒーロー役の俳優オリバーと、隠れた恋仲であることを。

この日を最後に、二人は永遠に会えなくなることを。

彼女はこれから私に代わって王太子の婚約者となる。王太子は嗜虐趣味《サディスト》の最低な男なので、彼女のこれからを考えると、胸が苦しくなる。クラーラは人々の前で気丈《きじょう》に微笑んで、苦しい恋の終わりをおくびにも出さない。私は悲しくなりつつ、隣で拍手する父親をチラリと見た。

父エノック・アーネストは、クラーラを怒りを込めた眼差しで見つめている。クラーラが立っている場所に、本来私が立っているべきだったのだから。

まず今からやることは、父の八つ当たりの暴力を回避すること。

今夜生き延びられたらひとまず成功。その後の作戦はいくつかあるけれど、今やるべきことに集中する。今夜を乗り越えられたことは——悲しいかな、あまりないのだ。

今度こそ生きたい。死んで満足なんて言えるほど、人生楽しんでないんだもの。

そのために今夜はまず生き抜こう。そして、生き残る術《すべ》を探そう。

生き延びたいと願った数時間後。

私は夜会のドレスを着たまま、兄に殴られ壁に叩きつけられていた。

「……ッ……う……」

なるほど、今回はそういうことね——と、他人事のように考える。

他人事ぶっても、痛いものは痛いけど。

苦しみに悶《もだ》えていると兄は酔った顔で私を見下ろし、大声でがなりたてた。

「その目が嫌いなんだよ！　キサラ！　妾腹に生まれたお前の価値など、王太子《あのぼっちゃん》のおもちゃになることしかなかったんだ！　くそ！　お前がもっと王太子に媚《こび》を売るのが上手《うま》かったら！」

私は身を丸くして防御《ぼうぎょ》しながら、兄の状況を分析する。

おそらく兄は、今夜の社交の場で、没落寸前のアーネスト公爵令息として冷笑を浴びたのだろう。

私は兄の友人たちを思い出し、心の中で毒づく。八つ当たりで蹴られる側の身にもなってほしい。

迷惑だ。

体の角度を変えた時。不意に、胸に今までとは違うちくんと刺すような痛みが走った。

「あ……」

ちょうど胸のあたりに、血と宝石のかけらが散っていた。

蹴られたとき当たり方が悪くて、壊れたのだろう。

それは父から珍しく与えられたプレゼントだ。一年前――ちょうど死に戻り《ループ》の起点の夜。侵攻記念パーティの席で戦利品として見せびらかすように与えられた、ヴィルカス人から略奪した宝石で作られたアクセサリーだ。オニキスだと話には聞いている。

兄ははあはあと息を切らせ小休止した。私は防御の姿勢をとりつつ、逃げる道を考える。兄にこれ以上蹴られるわけにはいかない。骨折してしまえば、明日以降の行動が大きく制限されてしまう。

どうやって兄を大人しくさせようか――そうだ。

私はペンダントの破片を、兄の靴と靴下の間に入るように飛ばした。

最初は気づいていなかった兄だが、急に痛そうに足を高く持ち上げた。

「くそ……っ割れたガラスが……」

妹をぼこぼこにしておきながら、自分はちょっと痛いだけで大袈裟《おおげさ》なのだから、笑わせる。

するとと不意に兄は私を見て、真顔で胸ぐらを掴み上げた。

「……ッ」

「お前、笑っただろ……妾腹のくせに、役立たずの分際《ぶんざい》で！」

笑ってないのに、笑う余裕なんてないのに。

兄は容赦なく、胸ぐらを掴んで私の顔を平手で叩いた。私は勢いよく頭から床に転がる。

頭が揺さぶられ、意識が真っ白になる。

――あ。これはちょっといけないわ。

痛みを通り越し、ふわふわとしてきたのを感じる。このままでは死んでしまう。

嫌だ。死にたくない。

また、最初からやり直しなんて、もうたくさんよ——


『……不幸な娘、キサラ・アーネストよ』


胸が熱くなり、急に体が楽になった。

気がつけば真っ白な世界に座り込んでいた。

女の人の声が聞こえてくる。

『繰り返しの運命に飲み込まれた娘よ。いずれ助けてやりたいと思っていたが無力ですまない……』

「私が繰り返してるのを知ってるの？　どうして？　あなたは誰？」

『生きたいか？』

私の問いかけには答えず、彼女は私に問うた。

「生きたいか、ですって……？」

その瞬間、腹の奥から熱い感情が迫《せ》り上がってくる。私は拳《こぶし》を握って訴えた。

「生きたいわよ……当然生きたいに決まっているわ！」

突然尋ねられた混乱と、必死な感情が相まって、私は柄《がら》になく声を張り上げ訴えた。

「意地でも生き延びて幸せになりたいの。痛い思いをするだけの人生なんて、もうたくさんよ！」

必死に訴える私に、彼女は静かに尋ねる。

『苦しい人生を何度も送っても、お前の心は折れぬというか』

「何度だって送ったからこそ、よ。私も舞台の悪女のように死に戻り《ループ》をしているけれど、私は彼女みたいに、楽しい思いなんてちっともしていないわ。ずっと苦しいだけ、痛い思いをするだけ」

私と同じように、悪女も死に戻り《ループ》に呑まれていた。

けれど彼女は死に戻り《ループ》の中で、たくさんの生きる幸せを享受《きょうじゅ》した。

贅沢を楽しんで、笑って、恋をして、生きる楽しさを満喫して死を迎えた――しかも、愛する人の腕の中で。

彼女は哀れむような、申し訳なさをにじませた声で続けた。

『私の力のせいで、すまなかった……だが、お前の運命が来る。お前が死に続けて運命を変え引き寄せた、最後の希望だ』

「え……」

彼女の言葉の意味がわからない。彼女は何かに焦《じ》れるように、早口で付け加えた。

『外に出て生きろ。数百回の人生で得たものもあるだろう』

「外、って……出たことはあるけれど……」

外に出たことだってもちろんある。けれどうまく行ったことがなかった。

その時、白い世界の外側ががやがやとうるさくなる。

もうすぐ彼女との別れが来ると、直感的に感じる。私は訴えた。

「お願い。もう少しヒントが欲しいわ。闇雲《やみくも》に外に出ても生きられないことばかりだったから」

『……もうすぐ、愛《いと》し子《ご》が来る――銀狼《ヴィルカス》に愛された……』

彼女の声が掠《かす》れていく。閃光が輝き、私は思わず目を閉じる。

最後に彼女は微《かす》かにこう言った。

『生きなさい。そなたも私の愛し子。奇跡はこれが最後だ。だから悔いの残らないように……』


――次の瞬間。

私は床に伏していた。痛みと苦しさが戻ってきて、私は思わず顔をしかめて胸を見た。

先ほど壊れたペンダントトップの破片が、ドレスの胸元に入り込んで肌を切り裂いている。その痛みで覚醒したようだった。

目の前には兄が転がっている。

情けなくよだれを口から垂らして、半殺しにされて縄で縛られていて、頭を踏みつけられている。

「やめてくれ、やめてくれ、痛い、痛い、痛いいいい」

兄がガタガタと震えながら訴えている。

見上げると、返り血を浴びた鋭い目の男の人が立っていた。

背の高い、私より少し年上くらいの人だ。

逆光の月に照らされた髪は銀色。緩《ゆる》く編まれたおさげ髪は獣の尾のように長く揺れている。全てを覆い隠すような真っ黒なロングコートを纏《まと》っていて、それも様《さま》になっている。

月明かりを反射した睫《まつ》毛《げ》まで銀色で、透き通る肌の色は色彩を失ったように白い。

雪に埋もれて死ぬ時は、こんな幻覚が見えるのかもしれない。

そんな錯覚を覚えるような、美しい人だった。

「銀狼《ヴィルカス》……」

私の呟《つぶや》きに、彼は視線をこちらへと向ける。私を上から下まで眺めたのち、興味を失ったように視線を再び兄へと戻す。そして、兄をぐりっと踏《ふ》み躙《にじ》った。

「ぎゃああ」

兄を踏みつけたまま、彼は冷たく尋ねる。

「俺たちから奪った『女神の右目』はどこにある。金色で猫目に輝く眼球ほどの大きさの宝石だ」

「なんだそれは」

「貴様らが略奪した魔石だ。知らないとは言わせない」

「知らん！　そもそもそんなもの、知っていてもお前に教える義理は……ギャッ」

銀髪の彼は無表情で足に力を込める。

兄がぎゃああ、と汚い悲鳴をあげた――多分、どこかの骨をやられているのだろう。

銀髪といえばヴィルカス連邦の人。父の起こした侵攻のせいで、酷《ひど》い目にあった国の人だ。父が簒奪《さんだつ》した何かを、彼は取り返しにきたらしい。

――遠くから足音が聞こえてきて、ハッとする。

床につけた右耳から、複数の足音が迫っているのが聞こえてきた。

気絶した兄や暗殺者の彼には聞こえていないようだけれど。

私は先ほど聞いた、女性の言葉を思い出す。

『……もうすぐ、愛し子が来る――銀狼《ヴィルカス》に愛された……』

私は銀髪の彼を見やった。気絶した兄を部屋の隅に蹴りやって、彼は乱暴に部屋を漁《あさ》っていた。

彼女の言う銀狼《ヴィルカス》は間違いなく彼だろう。

さて、生き延びるために……やるしかないわね。

私は深呼吸をして、彼を見た。そして力の入らない体で無理やり声を絞り出す。

「兄は何も持っていないと思うわ。兄は父に何も譲られていないボンクラだし」

声は届いたようで、彼は私を一瞥《いちべつ》する。私は微笑んでみせた。

「ねえ、そろそろ衛兵が来るわよ。あなたが捕まってしまえば、ヴィルカス侵攻――あなたの故郷への攻撃を再開するでしょうね？　元宰相家《わたしのうち》を襲撃した証拠になるのだもの」

ぴく、と彼が反応する。私は話を続けた。

「……あなたの探し物は日を改めた方がいいわ……ということで、ついでに私を……ここから連れ出してくれないかしら？　一緒に逃げましょうよ」

彼は感情の読めない顔で、じっと私を見つめている。無言だ。

でも諦めるわけにはいかない。私は必死で言葉を紡《つむ》ぐ。

「あなたが殺さなくても、私はいずれ殺されてしまうの。だから連れ出して？　……親に兄に王太子に……いろんな人に虐待をされてきたの。見えないところは酷いのよ？　ほら」

私はドレスの胸元を緩めてみせる。

肋《あばら》の浮いたあざだらけの体を曝《さら》け出すと、彼は目を見開く。

「ッ……」

女の胸を見たからというより、ひどいものを見て引いたという顔だった。特にさらけ出した胸元は先ほど壊れたペンダントトップで深く切れている。さぞ痛々しく見えただろう。

彼の表情に私はうまくいく手応えを感じた——彼は、私の体に動揺する程度には情がある、と。

「ねえ、暗殺者さん。私ならきっと力になれるわ。だって私は……キサラ・アーネストだから」

キサラ・アーネスト。濡《ぬ》れ衣《ぎぬ》の悪評で塗り固められた『悪女』。それが私だ。

彼は、私をじっと見て——低い声で問いかけた。

「……連れ出して俺に何の利がある」

返事を引き出せたならこっちのものだ。私は食らいつくように言葉を重ねた。

「私はあなたよりも、貴族界隈《かいわい》の事情を知っている。潜伏するなら女を連れていた方が便利よ。夫婦だとか、恋人だとか……市井《しせい》にまぎれるには男女二人が一番よ。どうかしら？」

そこまで言ったところで、血が逆流して私はむせた。咳き込むだけで痛くて、涙が出そうだ。それでも私は顔をあげ、唇を拭《ぬぐ》って微笑んで見せる。

彼は動揺している様子だった。

——これは賭けだ。

彼にとって、市井に紛れるための女なんて不要かもしれない。

でも、こういう時におどおどしたって逆効果だ。

なんとしても、連れ出したいと思って貰うために、私の価値を見出してもらうんだ。

彼は私の言葉に黙ったままで、時間だけが無情にも静かに流れていった。

血が、ドレスを濡らしていくのを感じる。痛みと苦しみで体力を奪われ、意識が朦朧《もうろう》としてきた。

「まあいいわ、勝手にして。……このままなら、あなたも捕まって、私も死んでおしまいよ」

私はそう言い残すと、身を横たえて胸の上で手を重ね目を閉じる。できることはやった。

最期に暗殺者の彼を思う。私の体を見て、彼は動揺してくれた。

動揺してくれる人は初めてだった。話をまともに聞いてくれた人も、初めてだった。

――ありがとう、この死に戻り《ループ》ではさよならね、優しい暗殺者さん。

そう思ってはっと我にかえる。

あの女の人の言葉を信じるなら、私の人生はこれで終わりなのだ。

どうしよう、死にたくないと思う。けれど――その感情すら、死にかけた私の心では薄れてきて
……。

その時。何者かに覆《おお》い被《かぶ》さられる気配を感じた。

「え……」

目を開けば、銀髪の彼が私に馬乗りになっていた。振り上げたナイフが輝く。

――終わりみたいね。

覚悟を決めた瞬間。

ざくり、という音が私の耳の近くで聞こえた。

ナイフが貫《つらぬ》いたのは私の長いおさげ髪だった。まとめ髪だったのが、殴られ続けたせいで崩れていたものだ。彼はナイフを引き抜くと、一緒に私の黒髪を掬《すく》い上げる。

「連れ出してやる。代わりに、前払いとしてこれはいただく」

彼が私の上から退く。軽くなった頭で呆然《ぼうぜん》としていると、手を掴まれて身を起こさせられた。

「立てるか？」

「な、なんとか」

上着に髪を仕舞い込みながら彼は言う。

「この黒髪ならいくらでも売れる。あんたの逃亡に手を貸す資金にさせてもらう」

「……それは……伸ばしていて良かったわ」

髪を売るなんて新しい知見だ。数百回死んでも知らないことはまだまだあるらしい。

彼の言葉にしみじみとしていると、彼は怪訝《けげん》そうにしかめ面《つら》になる。

「あんた女だろ。髪を切られたってのに、随分《ずいぶん》落ち着いているな？」

「ええ、まあ……髪はただ、引っ張られるだけのものだったし……」

言いながら軽くなった頭を撫でつつ、私は彼の長い三つ編みに目を向ける。

「聞いてくるってことは、あなたは髪を大事にしてるの？」

彼は答えなかった。私に背を向け、無言で手際よくカーテンを引き裂いていく。ロープを作って

いるらしい。私に背を向けたまま、彼は短く言った。

「動けるならまともな服に着替えろ」

本当に連れ出してくれるらしい。

「ありがとう」

彼は返事をしなかった。私は身を起こしてドレスに手をかける。手が震えてうまく脱げない。自分が思っている以上に冷静ではないらしい。

戻ってきた彼は舌打ちすると自分のコート脱ぎ、私に着せてくれた。中に着込んでいたのは見慣れない装束だった。ヴィルカスの服なのだろう。彼は乱暴に前のボタンを閉じながら言う。

「準備の間に走れるようになっとけ。へたりこんでも置いていくからな」

彼は、窓辺にきつくロープを巻きつけて何度か引っ張る。月明かりが眩《まばゆ》く差し込んだ窓辺で、さえざえと照らし出された彼はいよいよ綺麗だ。

準備を整え、手を差し伸べてきた彼に向かい、私も立ち上がって手を伸ばす。

手を繋ぐと、彼は窓枠に足をかけた。

「待って。あなたの名前を教えて。私の名はキサラよ」

「……アッシュ」

たっぷり考えたのちに彼は答えた。

「灰《アッシュ》？　珍しいお名前ね」

「あんたもだろ。キサラなんて、王国の貴族らしくもねえ」

「それは……」

「無駄話は終わりだ。行くぞ」

彼は私を背負って余ったロープで固定すると、窓から飛び出して躊躇《ためら》いなく窓枠を伝って降りた。

少し低い位置の屋根に飛び移り、そのまま迷いなく駆け出した。

手を握られ、月明かりの中、屋敷から文字通り逃げていく。

振り返ると高く聳《そび》えた屋敷がおもちゃみたいだ。

「……生きてるのね、私」

彼に必死について走るだけで、息が上がる。身体中が痛い。それでも気分が高揚して、私は声に出して笑ってしまった。頬に触れる短くなった髪が、頬の横で踊るように揺れる。

ただただ……楽しい。

「あんたは一体何なんだ」

路地を抜けながら、アッシュが呆《あき》れたように言う。私は手を強くにぎって答えた。

「キサラ・アーネスト。みんなから嫌われた悪女よ」

こんなに清々《すがすが》しい気持ちになったのは、初めてだ。

第一章　二人の逃亡

白を基調とした石造りのアパルトメントが並び立つ大通りが、眩い朝日に照らされている。駆け抜ける石畳は固く、立ち上る冷気は冷たい。鳩があちこちで鳴いていてうるさいくらいだ。

朝の王都がこんな空気だなんて知らなかった。

一階はショーウィンドウが施された店が立ち並び、どこも雨戸が閉ざされ眠っているよう。対照的に労働者らしき人々は脇目も振らずに朝の準備に急いでいる。彼らが持つ荷物はなんだろう。彼らは何をしているのだろう。何屋さんなのだろう。

質問をしたいけれど、早足のアッシュについていくのに必死で話せない。

服は夜にアッシュがどこからか持ってきてくれた、着古した男物のシャツと生地の分厚いトラウザーズ。靴もアッシュの借り物で、重たくてペタペタする。私の前を歩くアッシュは黒いコートを纏っていた。違っているのは帽子を目深《まぶか》にかぶっていることと、色の入ったメガネをかけていること。そして何より、朝日の元で見る髪の毛の色が夜と違った。金髪だ。

人混みの前で立ち止まった彼の隣で、私は息を整えて話しかける。

「ねえ、あなた。銀髪だと思っていたわ。見間違えたのかしら」

アッシュは私をぎろりと睨《にら》みおろす。

「飯を買って街を出る。急ぐぞ」

路地の角に男の人ばかりの人だかりができている。どうやら食堂らしい。アッシュは私を振り返り、少し離れたところの街灯を指し示す。

「あそこで待ってろ。いいか。消えても見つけてやらねえからな」

アッシュは私に言うと、颯爽《さっそう》と人混みに潜り込んでいき、体の大きな男たちに埋もれてしまう。しばらくすると茶色の紙袋を抱えてきた。

「それは何？　どこに行くの？」

質問には答えず、アッシュはまっすぐどこかに向かう。ぺたぺたと歩きにくそうにする私に、アッシュは歩幅を合わせてはくれない。上等だわ。私は一生懸命、置いて行かれないように走る。

駅に近づいている気がして私は声を弾ませた。

「もしかして汽車に乗るの？　私、乗ったことがなくて。楽しみだわ」

しかし彼は煉瓦《れんが》造りの真新しい駅舎を無視する。辺りを見まわし、駅前広場から出立する薄汚れた乗合馬車を見つけると、私の手を掴んで走ろうとした。

「っ……」

走ろうとした瞬間、痛みに引《ひ》き攣《つ》った声がでる。体が軋《きし》んで走れない。アッシュは舌打ちをすると袋の端を咥《くわ》え、私を小脇に抱えてかけだした。軽やかに馬車に乗り込む。

突然のことに私がびっくりしている間に、アッシュは愛想良くお金を払って、私を幌馬車の真ん中、一番目立たなそうな場所に押し込んでくれた。中にはひしめき合うように老若男女、様々な労働者の人々が座っていた。視線が私たちに集まったものの、すぐに逸《そ》らされる。

馬車が動き出すと、アッシュが私の隣に座って深く息を吐いた。

「あの、アッシュ。これって」

「あんた。少しは黙っていられねえのか」

アッシュはしかめ面で袋からパンを出すと、私の口に押し付けた。

大きくて丸くて硬い、香ばしいパンだ。

どうやらあれこれと話さない方が良さそうだ。

私は焼きたてのパンを齧《かじ》ろうとして、一旦《いったん》止めてアッシュを見上げる。

「あの、……こ、このまま食べていいの？」

「はあ？」

「……かぶりついたこと、なくて」

「いいから食え。要らねえなら俺が」

「いただく、いただくわ」

私は急いで齧り付いた。パンを丸ごと齧るなんて初めてだ。硬い端っこから齧ってよく噛んで飲み込む。急にお腹が減っていることを思い出して、私は夢中になって食べた。中にシチューが入っていて、お腹の中があたたかくなる。野菜もとろとろで、急に体が生きていることを思い出し始めたようだった。緊張がほんの少しほぐれて嬉しくて泣きそうになる。

嬉し泣きしてる場合じゃないけど、食事が美味《おい》しいって、嬉しい。

「……」

アッシュが怪訝な目でこちらを見ている。

私ははっとして、目元をぐいぐいと手で拭って笑顔を作る。

「お、美味しいと思っただけよ。泣いてなんかないわ」

「……ゆっくり食え。あんたが虐待されてたってのが本当なら、急に食うと腹を痛める。足手纏いを連れていくつもりはねえからな」

「も、もちろんよ」

アッシュはそれだけ言うと、パンをがつがつとあっという間に平らげて、指をぺろりと舐めた。

アッシュのような男の人にはパン一つでは足りないだろう。私はこの時初めて、アッシュが自分の分を分けてくれたことに気づいた。ずっと怖い顔をしているので怒っているのかと思っていたけれど、この人は私が思っているよりずっと優しい人なのかもしれない——と思いかけてすぐに、私は冷静になりなさい、と自分に言い聞かせる。利用するためならなんだって、人はいくらでも優しくしてくれる。そのせいで何回死んだか。

——あの女の人は頼りなさいと言ったけれど、慎重にしないと。

私はその後は黙って迷惑をかけないようにした。

馬車は、丘を下って水の匂いが漂う河辺の街へと向かっていった。

昼を過ぎ、腰が痛くてどう座ればいいのか悩み始めた頃。アッシュは馬車を降りた。「ここはどこ?」と聞きたい気持ちは抑えて、私は黙ってついていく。

埃《ほこり》っぽい、どこか気《け》だるい雰囲気の街だった。街は煉瓦造りの小さな小屋のような家がひしめき合って、石畳の舗装もされていない。荷物が多い人、特に男性の姿が多くて、行商人や旅の人が多い街なのかしら――なんて、考えながら私は黙ってついていく。

足の長さが違うせいで、時々アッシュが私を置いて行っては、振り返って待ってくれている。慌《あわ》てて小走りになろうとすると、「走らなくていい」と言われた。彼なりの気遣いなのだろう。

宿屋の看板がぶら下げられた小さな二階建ての前に立つと、アッシュは私を振り返った。

「いいか、俺に話を合わせろ。何があっても絶対余計なことを言うな」

「わかったわ。黙ってる」

素直に頷《うなず》いた私に、アッシュは溜息をつき、何かを吹っ切るように「……よし」と言って、店のドアを開いた。

一階は食堂になっていた。掃除中のお婆さんが気だるそうにこちらをジロリとみた。

――今入って良かったのかしら。

そんな風に気にした瞬間、アッシュが私の腰を抱き寄せた。今までと違う気だるげな声音《こわね》で、アッシュはお婆さんに尋ねる。

「なあばあさん、空いてるか?」

「昼間から呑気《のんき》なもんだね」

「昼の方が安いからな。後でキツい酒と飯も頼むわ」

――昼間から呑気？　お酒？

私は意味がよくわからない。

「ほら、行くぞ」

アッシュがお金をお婆さんに握らせ、私の腰を掴んだままこちらを見る。その眼差しが今まで見たアッシュとは全然違う。水色の瞳が、私を見て細くなる。

「買った分だけ楽しませてくれよ」

「え、……ええ」

アッシュは私の腰を撫でて、額《ひたい》に唇を寄せてちゅっと音を鳴らす。私が驚きのあまり硬直するのをしっかりと支え、アッシュはそのまま階段を上がり、上の部屋へと連れて行く。

アッシュはドアを足で開き、私をベッドに降ろす。そしてさっさと私を置いていき、奥の部屋を確認しに行った。

私は天井を見上げながら、困惑のまま呆然としていた。

「……さっきのは……何？」

湯の音が聞こえる。なぜいきなりここで、お風呂？

私は頭がぐちゃぐちゃになる。

「わからない……」

何が起きるというのだろうか。わからない。少なくとも殺されることはないだろうけれど。

「……拷問？　尋問⁉」

思いつくのが不穏なことしかない。私は頭を抱えてぐるぐると考える。

「……ううん、こんな壁が薄いホテルで尋問なんてしたら、バレてしまうわ。じゃあ一体……？」

アッシュが部屋へと戻ってきた。

「良かったな、ボロい宿だが風呂はマシだぞ」

髪を銀髪に戻し、眼鏡も外したアッシュがこちらを見下ろし、不機嫌そうに片眉を上げた。

「……何変な顔してんだよ」

「……へ、へんな顔なんてしていないわ」

私は取り繕った。何もわかっていないとバレてしまえば、足元を掬われるかもしれない。訝《いぶか》しげな顔をするアッシュに、私はふふん、と肩をすくめて笑って見せる。

「ふふふ。なんでもないわ。あなたってば大胆ね、と思っていただけよ」

暗殺者がキサラ・アーネストを連れてこんな宿に泊まるなんて大胆ね、という意味だった。しかしアッシュは気分を害したのかしかめ面になると、つかつかと私に近づいて私の肩を軽く突き飛ばす。

「ッ……⁉」

ベッドで覆い被さられて、私は驚いて息を呑む。

息がかかる距離で、アッシュが私の顎《あご》を掴んで顔を覗き込んだ。

眇《すが》めた水色の瞳に、驚いた顔の私が映っている。

「なぁにが悪女だ、何の意味もわかってねえくせに」

「い、意味？」

見透かされたようでひやりとする。怯《ひる》んだ私に、アッシュが悪い顔をして目を細めた。

「なんだよ、それとも俺と寝るのを期待してたのか？」

「……そ、そりゃあ……眠いなら……一緒に休むしかないけど……？」

「ふざけるなよ」

ざらついた声で、アッシュが吐き捨てるように呟く。

次の瞬間、私の首に細いナイフが突きつけられていた。

「……ッ……」

本能的な恐怖で心臓が跳ねる。しかしアッシュはそれ以上は何もせず、はあ、とため息をついて身を起こした。ナイフを手慣れた様子でどこかに隠す。全然わからない。

アッシュは呆れた顔でこちらを見下ろした。

「なんだよ。あの噂《うわさ》のキサラ・アーネストにしちゃあ、随分だな」

「噂のって何よ」

「男遊びがお好きだとか、人を翻弄《ほんろう》する悪女だとか、色々言われてるだろ？」

「ご冗談。遊ばれていた方よ。殴る蹴るは日常茶飯事。父からも兄からも、王太子からもね」

「……」

アッシュの顔が険《けわ》しくなる。

「……俺が知らない情報が多すぎる。あんたを連れてきて正解だった」

アッシュは立ち上がり、顎で風呂を示した。

「あんたが先に湯を浴びろ。余計なものを持ってきていないか検分させてもらう」

「裸はちょっと……」

王太子なら言い出すようなことなので、私は躊躇う。

「は？　ふざけんな」

しかしアッシュは眉間《みけん》に皺を寄せ、私の発言を嫌悪するように吐き捨てる。

「服だ。何も隠してないか、念のためだ」

「わ、わかったわ」

そしてその後、私に先にお風呂を使わせたのち、アッシュは交代で浴室に向かった。

「あんたも来い。逃げられると思うなよ。浴室の外で俺の質問に答えろ」

「お風呂上がってからの方がいいのではないの？　逃げるなんてできないし」

「誰か来た時、どっちかが裸の方がそれっぽいだろ」

「それっぽいって？」

「……くつろいでるように見えるってことだよ」

アッシュは言葉を選んだようなそぶりで、こう言った。

「なるほどね、アッシュは賢いわ」

腑《ふ》に落ちる。

汗と埃を洗い流したところで、私も気持ちが落ち着いてきた。

「……ねえ、アッシュ」

話しかけようとして、振り返って息を呑む。

アッシュがちょうど服を脱いだところだったからだ。

見てはいけないものを見てしまった。背を向ける私に、アッシュはくつくつと笑った。

「……なんだよ。見たのか？」

「あの……ごめんなさい……」

私はうっかり振り返ってしまったことを後悔した。

アッシュの透き通るような色の白い肌には、見るに堪えないひどい傷跡がいくつも走っていたからだ。どれも新しい傷ばかりだ。暴力を受け慣れているからわかる。これは、数年前の傷というよりもまだ一年以内の傷だ。

つまり、彼の故郷が攻撃されて以降――ヴィルカス侵攻後についた傷だ。

「ほら、ただで人の体を見て話を終わりにするんじゃねえよ。あんたの話を聞かせてくれ」

アッシュが私を催促する。

私は深呼吸をして気持ちを切り替え、背を向けたまま返事した。

「わかったわ。……何から話せばいいかしら？」

「全部だ。キサラ・アーネストの知ること、あんたの正体、その全てを」

湯船に浸《つ》かったアッシュの声が反響する。

それから、私はこれまでの話をアッシュにした。

——王太子の生贄《いけにえ》扱いだった『悪女』キサラ・アーネストの正体について。


私、キサラ・アーネストは王太子殿下の婚約者だった。

宰相として権勢を誇るアーネスト公爵がメイドに手をつけて妾腹として生ませた娘。四歳の頃に母が逝去したのをきっかけに、登録上は正妻の娘ということになっている。

当然、私の扱いは家族でもっとも低く貶《おとし》められていた。父は単純に、王太子のおもちゃとして与える都合の良い娘が欲しいだけだったのだから。

王太子は生まれながらの嗜虐趣味《サディスト》だった。

柔和な笑顔と物腰、慈善事業にも積極的に参加するその様子に、みんなは騙されていたけれど。

彼がどんな顔をして、私を虐待していたか知ったら驚くだろう。

黒髪を手綱がわりに引っ張られ、三歳も年上の王太子に馬をさせられたり。

気に入らないことがあれば表から見えない場所を殴られ、食事を頭に浴びせられ。突然、ご友人の子息たちの歓談に招かれたと思えば、

「この子は僕の言いなりになるんだ。見ていて」

との言葉に次いで、笑顔で服を脱ぐように命じられた。

「恥ずかしい？　自分の恥辱の方が、未来の夫の命令より価値があるのかい？」

一枚一枚服を脱がされ、奇異の目で見られ、笑われ、服を燃やされて下着姿で帰宅を命じられたとしても、父は抗議の一つもしなかった。

私の扱いを否定する人は使用人まで含めて、誰もいなかった。

生まれ持って加虐的な思考を持つ王太子の「ガス抜き役」として、王宮に飼われた婚約者の私は誰にとっても都合の良い存在だった。私が黙って弄《もてあそ》ばれている間に、父はますます権威を強めた。

——私はこの扱いが当たり前だと思っていた。

食事を与えられて、住まいを与えられて。それで愛されていると思い込んでいた、愚かにも。

社交界に出て、他の御令嬢たちの姿を見るまでは。

親に愛されて、美しく着飾った同世代の令嬢たちは、皆きらびやかで美しかった。

対して私は、殴られたあざを隠すドレスに、厚化粧。

余計なことを言えば怒られるので、社交の場では言葉がうまく出てこない。

少し仲良くなれそうな令嬢にサロンに誘われても、王太子が邪魔をして参加を断らせ続けられた。

顔を殴られてしまえばサロンには参加できない。

さらに王太子は様々な令嬢からメイドまで誘っては、その口実に私を使っていた。

「あいつは気位《きぐらい》が高くて一緒にいると息苦しい。君に癒されたい」

時に私はクロゼットに閉じ込められ、私の悪口を睦言《むつごと》に盛り上がる王太子と女性の会話を聞かされた。王太子が私に投げつけて割った花瓶を指して笑う声も聞いた。

「見てごらん、あれはあの婚約者が壊した花瓶さ。恐ろしいだろう?」

そんな風に言われ続けて、私は令嬢たちの社交からも孤立した。

王太子の遊びと父の悪評も相まって、私の「驕《おご》り高ぶった悪女」の悪評が広まってしまった。

ここまでは、私が死に戻り《ループ》の力を手に入れる以前の話。

どう足掻《あが》いても変えられない過去だ。

私が死に戻り《ループ》をするようになったのは、父がヴィルカス連邦の併合政策を打ち出し、第一次併合作戦が成功した記念パーティの日、私が昨日壊したペンダントを父から貰った日だ。

ヴィルカス連邦——ここ、イムリシア王国の北東の山岳地帯に位置する小国だ。

父は彼らの持つ資源を奪おうと、侵略戦争を起こした。

しかし想定外のヴィルカス人の抵抗により、侵略は失敗した。

それどころか平民を中心に王国に少なくない犠牲者が生まれた。当然彼らは怒った。父は民《たみ》の怒りが己や王侯貴族へと向かないよう、ヴィルカス人の悪評を撒き散らし、彼らに怒りの矛先《ほこさき》が向くようにした。しかし民衆はもう騙されない。

ついに議会は——父を宰相の地位から解任した。もちろん私もその影響を受け、王太子から婚約破棄されることとなった。


——愚策の元宰相の娘。溺愛《できあい》された、高慢で醜悪な悪女。

それが私、キサラ・アーネストの世間一般の評価だった。

「ここまでが、私のこれまでの経緯よ。父が失脚し、私も婚約破棄されて用済み。いつ殺されるかわからないような状況になっていたところを、アッシュが攫《さら》ってくれたの」

死に戻り《ループ》については話さなかった。

自分でも仕組みがよくわかっていないことを説明できなかったから。

「そうか」

浴室から水音が響く。アッシュが長い髪を絞る音が聞こえた。

彼は深いため息の後、独り言のように呟く。

「キサラ・アーネストが、あんたみたいな奴だったなんてな」

「意外？」

「見たときはてっきり折檻《せっかん》されるメイドか、愛玩用に攫ってきた平民かと思った。あんたの事情はわかった。だが俺の故郷が壊滅した事実は変わらない」

「あなたの言うとおりだわ」

深いため息の声が聞こえる。

「余計な拾い物しちまったな。元の場所にも帰れねえし」

「元の場所って？」

「……今は教える義理はねえ」

「そうね」

私は押し黙った。おそらく同じヴィルカス人の暗殺者同士で潜伏しているのだろう。故郷を襲ったアーネスト公爵家や、その他宿敵と言える相手を殺すために。

貴族社会は暗殺者をよく雇う。彼らの恨みを利用して政敵を襲おうとする貴族はいるだろう。

「……ありがとう。助けてくれて」

「勘違いするな。あんたはあくまで俺の目的のための道具だ」

私は自分が生きながらえた喜びばかりを考えていたけれど、彼だって状況は困ったものだった。

ふと思う。私のせいで「元の場所」に帰れないということは、潜伏用に私を利用する必要も本来はなかったはずだ。——彼は、なぜ足手まといの私を助けたのだろう。

——その時、ドアがノックされる。

「俺が出る」

躊躇いなく浴槽から立ち上がり、濡れた体をタオルで包みドアへと向かう。

私が顔を覆っているうちに、アッシュはドアの向こうから透明の液体が入った瓶とパンを受け取った。お酒のようだ。

「お酒、飲むの?」

「消毒用だ」

「服は着ないの?」

下着は身につけているようだけど、流石《さすが》に目のやり場に困る。

アッシュは呆れた風に肩をすくめた。

「一張羅《いっちょうら》は洗ったからしばらくはこのままだ。着替えはあんたにやったからな」

「……失礼したわ」

アッシュは濡れた髪を拭きながら、私に顎でベッドを示した。

「そんなことより、腹を見せろ」

「ご、拷問？」

「……怪我してただろ。黙って腹を見せろ」

「……え、ええ」

強めの語気で言われ、私は恐る恐るシャツを捲《めく》る。

アッシュは私の前にしゃがむと、お酒を染み込ませた布で傷口を消毒してくれた。

「っ……」

沁みて痛いのを堪《こら》えているうちに、アッシュはいつの間に取り出したのか、道具箱から軟膏のようなものを取り出し、私の傷口に塗ってくれた。

手当て中、ずっと眉間に深く皺が刻まれている。

「打撲はどうしようもねえな。骨は……折れてない。他、痛むところはあるか？」

「随分とお優しいのね？」

アッシュは苛立《いらだ》たしげに眉根を寄せる。

「あんたをずっと抱えて走るわけには行かない。足手まといは困るんだよ」

「なるほどね。そうね……首の後ろと、肘《ひじ》のところ……かしら」

全身どこでも痛いけれど、強《し》いていうならここだった。アッシュはそのまま、黙って手当てをしてくれた。私はされるがままだ。そしてそのアッシュ本人の体があちこち傷だらけで、私は反応に困った。黙っていると、部屋には手当をする音だけが響く。

「ねえ、……ええと。アッシュは……ずっと暗殺者をしているの？」

不機嫌なアクアマリンの眼差しがぎろりと私を睨む。綺麗なのに怖い。

手当てを続けながら、アッシュは「誰のせいだと思ってやがる」と低く呟く。

「故郷から奪われた『女神の右目』を取り戻すためだ。……アーネスト公爵家に持ち運ばれたことまでは突き止めている。誰がこんな家業、好き好んでやるか」

「……そう……」

「安っぽい同情をするくらいなら、さっさと『女神の右目』の在処《ありか》を吐いてほしいぜ」

「知っていたらすぐにぺらぺら喋《しゃべ》りたいくらいよ。私も父は嫌いだから」

アッシュは皮肉めいた笑みを浮かべ、私の顔を見上げた。

「あんたも知る通り、エノック・アーネストが指揮した侵略で、俺の故郷は壊滅した。あんたらが『獣の民』と侮蔑《ぶべつ》する、ヴィルカス連邦――そのクレスタ州の集落だ。俺は集落を取り戻すためならなんでもやる」

「クレスタ、州……」

知らない地名だった。ヴィルカス連邦は山岳地帯の麓《ふもと》に村を形成しているだけの小さな集落の集まり――というのが、私の知る知識の全てだったから。

「『女神の右目』は、アーネスト公爵家にはなかったのよね？」

「ああ。近くにあったらすぐにわかるんだ。魔石は共鳴し合い、俺はそれを探知できる。……同じ産地のこれがあるから。色は違って金色。猫目の輝きをした、人間の眼球くらいの大きさの石だ」

アッシュは己の右耳を示す。小さなピアスが挿してあった。瞳の色と同じ、アクアマリンに似た石が嵌《は》め込まれている。

「……金色の、石……」

宝石はたくさん見てきたけれど、どれも似ていてよくわからない。

「父は大切なものほど自分の手元に置いていたわ。宝石庫になかったのなら、別のところに置いているのかもしれない」

「……もう一度潜入するしかないか……」

「アッシュ。私にできることならなんでもするわ。父への復讐だって、『女神の右目』探しだって。代わりにあなたは私が安全に暮らせるまで私を守る。どうかしら？」

次の瞬間。私の鼻先にはナイフの切っ先があった。

「ッ……」

冷たい氷色の瞳には、憎しみと怒りが宿っている。

「あんたは交換条件を出せる立場じゃないんだよ。わかってんのか、俺の仇《かたき》の娘だってことを」

私は息を呑み、そして深呼吸する。

こういう時は恐怖に呑まれては冷静な判断ができなくなる。

ゆっくりと呼吸をして、相手の目を見つめる——何度も死んだ中で覚えたことだ。

「……わかっているわ。だから私が役に立たないと思えば捨てていい。役に立つと思うのならば……私が生き延びられるように守って」

「職業斡旋所にでも行ってこい。住み込みメイドでもやりゃあ生きれんだろ」

「無理よ」

知っている。前の死に戻り《ループ》で試したことはある。

「私の顔を知る貴族に会ってしまえばおしまい。そもそも世間知らずなんですもの、このまま外に出ては、私がキサラ・アーネストだと言って回るようなものよ。そうしたらどうなるのか……おわかりでしょう？」

「殺されるだろうな」

「正解。でも、ここで私を放り出したらあなたは終わる。警備が厳重になるであろうアーネスト公爵邸に再び忍び込めるほど、時間の余裕はあるかしら？」

「……」

「ね？　お互い協力関係として、うまくやっていきましょうよ」

私は微笑むと、アッシュはそのままじっと考え込むように、私の顔を見た。

「……怖いから、ナイフは下ろしてくれないかしら？」

こういう時は素直に頼むに限る。私の言葉に、アッシュが言ったのは意外な言葉だった。

「髪」

「え？」

「揃えてやる。そのままじゃ目立ちすぎる」

アッシュはそう言うと、顎で私を浴室へ移動するように命じる。浴槽に腰掛けた私の髪を、アッシュは真面目な顔をして整えていった。

「ナイフだと怖いのだけれど」

「鋏《はさみ》はない。贅沢言うな」

しゃりしゃりと、首のそばで刃物が動く感覚にひやひやしながら、私は黙って終わるのを待つ。

終わった後鏡に映っていたのは、随分とスッキリして、正直自分でも――前よりずっと軽やかに見えるようになったショートボブの自分自身だった。

刃物を持った暗殺者と二人きりなんてことを忘れて、私は思わず嬉しくなる。

「お上手ね」

私は彼を見た。彼は銀髪を長く伸ばしているものだから、こんな芸当は己には必要ないはずだ。

アッシュは一瞬、感情が込み上げてきたような顔をする。そしてひどく疲れたような、虚《むな》しさを滲《にじ》ませた皮肉な笑顔で答えた。

「……弟妹《きょうだい》の髪、よく切ってやってたからな」

――彼の故郷は父によって被害を受けたのだ。

そのごきょうだいがどうなったのか。アッシュは話さなかった。

私も当然、――それ以上尋ねるなんてできなかった。


それから数日かけて、私はアッシュと一緒に南の港町クーリエまで移動した。アッシュは私を時々宿や、時には教会に残しては、あちこちで情報を集めている様子だった。

私はこの数日間だけでもいろんなことを知った。

宿に泊まる値段。ご飯を食べる値段。清潔な身なりを整えるための値段。私の黒髪の価値。アッシュに渡した黒髪は「当分の生活には困らない」ほどの金額で売れて、逃亡資金として役に立っているらしい。

「平和ね……」

昼下がり。

私はアッシュに留守番を言いつかった宿の窓辺で、宿に置かれた自由に読める雑誌に目を通しながら呟いた。窓の外からは陽気な音楽や賑《にぎ》やかな子どもの声が聞こえる。

「こんな世界が外にはあったのね……」

人生の中で、こんなに穏やかな時間を過ごしたのは初めてだった。

協力者がいるというのはどれだけ心安らかになれるのか、実感した。

しかし同時に知らないことばかりで、あの死に戻り《ループ》で学んだことはなんだったのかとも思う。私は無知だ。私の視野はずっと狭いまま、永遠を繰り返していたのだ。


夜になり、宿に戻ってきたアッシュは、ベッドの上に路銀を広げて見せた。

「あと一週間、ってところか」

「逃亡生活ってお金がかかるのね。ここまで大変だと思ってなかったわ」

「髪を貰った意味、わかったろ」

「ええ。……もう少しならあるわよ？　全部刈ってしまえば」

「ばか。短すぎて売れるか」

「アッシュが髪を伸ばしているのも、売るためなの？」

この国の男性がこんなに髪を伸ばすことは滅多《めった》にない。

私の質問に、彼は皮肉を浮かべた笑みで答えた。

「俺に切って売れってか？」

「目立つのにわざわざ伸ばしてるから。理由があるなら売るためなのかと思ったのよ」

アッシュはしばらく考えていたが、その後教えると決めたのか、話し始めた。

「……俺たちの髪は墓標と同じだ。骸《むくろ》が朽ちた後、彼を知る者がいなくなっても、遺髪だけはそこに残せる。亡き同胞を偲《しの》ぶために俺たちは髪を伸ばす」

「それは……売れないわね」

滅多なことはいうもんじゃないと、私は反省する。

彼はまた、昏《くら》い瞳で私を見て笑う。

「集落は燃えた。意味は、あんたもわかるよな？」

「っ……」

「俺からこの髪まで奪うか、キサラ・アーネスト？」

「……それは……」

「話は終わりだ」

私が黙り込むと、アッシュはそのまま路銀を片付け、ベッドに身を投げ出す。

なんとも言えなくなったまま、私も当たり前のように隣に寝転んだ。背を向けたアッシュの長い三つ編みが、私の目の前に垂れている。体は傷だらけなのに、髪だけは意外なほどつややかで綺麗だ。暗殺者としての生活で荒れてもおかしくないだろうに。意味を知るとまた違って見えてくる。

隣に寝そべっても、アッシュは特に文句をいうこともなかった。潜伏生活の中で、体力のない私が床に寝ることを、アッシュは禁じていた。余計に足手纏いになると。

そんなこともあり二人で過ごす間、私たちは一人用の狭いベッドに二人で眠っていた。暗殺者と仇の娘が二人で横になっているなんて、おかしいと思う。けれどアッシュは寝込みに殺そうとはしなかったし、私も隣に体温がある方が、不思議と安心して眠ることができた。少なくともアッシュが隣にいる間は、私は一人じゃない。

沈黙の重さに黙っていると、次第に眠くなってきた。

翌日も朝からアッシュがどこかへと向かった。

宿を移動することになり、居場所を失った私は公園で鳩を見ながら暇を潰していた。髪も短いし、アッシュに借りたぶかぶかの服を折って着ているので男の子に見えるのだろう。女一人でいても、誰かに見咎《みとが》められることもなかった。

私にとっては、ただベンチに座って景色を眺めるだけでも新鮮だった。

朝から人は働いているし、お酒を飲んでいるおじさんもいる。私より若く見える女の子が「お母さん」なんて呼ばれながら子どもを連れていることにも驚いた。死に戻り《ループ》の中にある時も、私はずっとキサラ・アーネスト公爵令嬢だった。一歩踏み出すだけで、知らないことばかりだ。

アッシュが戻ってきた。

「早かったわね」

彼は硬い表情で足早に近づくと、ベンチの隣に座る。そして声を潜《ひそ》めて告げた。

「俺は探されている」

私は反射的に顔を見た。

「私が生きているってバレたの？」

「そっちに関してはわからない。まずアーネスト公爵家は娘についてまだ公《おおやけ》に発表していない」

「確かに私、ほとんど引きこもっていたから気にする人もいないでしょうね」

「俺に関しては、戻っていないからな。アーネスト公爵家に殺されたか、寝返ったか、暗殺に失敗して女とどこかに逃げたか……あっちは当然気になるだろう」

「こんな時、やっぱり……お仲間に連絡を入れるわけにはいかないのよね？」

アッシュは眉間に皺を寄せた。

「同胞に連絡はできない。俺を裏切り者ということにして切り捨てて貰ったほうがましだ。だからこっちでなんとかするしかねえんだよ。あんたも何か役に立て」

「もちろんよ」

強く頷きながらも、ここからどうすればいいのかもわからない。死に戻り《ループ》で得た知識で役に立てると思っていたけれど、外の世界に出ると想像以上に、私は無力だった。

アッシュがガサガサと音を立て、新聞の包みを私に渡した。

「ほら、朝飯。少ないからよく噛んで食えよ」

「ありがとう」

アッシュは険しい顔でずっとパンを咀嚼《そしゃく》し続けている。

「腹減った……」

心の底からの渇望を呟くと、アッシュはそのままじっと公園の植え込みの辺りを睨んでいる——野うさぎがいる。

「この辺のうさぎ、よく太ってるな……」

「うっ⁉　うさぎ食べるの⁉」

「流石にそこのは食わねえよ。目立つし」

空腹でトゲトゲする気力も削《そ》がれているのか、アッシュは答えてくれる。

「そ、そう……」

「畑のほう、猪《いのしし》とかいねえかな……」

「なんで猪？」

「畑荒らしてるの退治したら分けて貰える」

「……猪って食べられるの？」

「食えるさ。こっちの国でも食ってるよ」

「ほ、ほんと？」

「気になるなら今度どっかの村に寄った時聞いてみろよ。畑を荒らすやつを捕まえて食ってるから」

「……し、知らなかったわ……」

話しすぎたと思ったのかアッシュは話題を打ち切ると、さっさとパンの耳を齧る。私も包みを開く。パンの耳が山ほど入っていた。一つ手にとって食べると、さくさくとしておいしい。

「アッシュはすごいのね。……猪も狩れるし暗殺者にもなれるし。一人なら生活に困らなさそう」

「一人で食う分だけなら、な」

「……足手纏いの意味を実感し続けているわ」

「そりゃ何より」

醒《さ》めた口ぶりでアッシュは言った。彼の手の逞《たくま》しさや慣れた様子に、私はしみじみとする。彼は他にどんなことができるのだろう。私は興味が湧いてきた。

けれど、当然、無邪気にあれこれと聞ける立場ではない。

まずは、この状況をなんとかしなければ。これでは正真正銘ただの足手纏いだ。

――アッシュは生きる術を知っている。猪の狩り方を知っている。

じゃあ、私は何を知っている？　何ができる？　考えながら、私はパンの耳を食べながら目を落とす。包み紙にされているのはゴシップ新聞だ。私はハッと閃《ひらめ》いた。

「そうだわ……アッシュ。思いついたわ。私が持っている宝は、髪やドレスだけじゃなかったわ」

「は？」

突然興奮しだした私に、アッシュは困惑気味に眉を寄せる。

私は急いで新聞紙を広げて、出版社の名前を指さした。出版社はフルニエール広報社。この街に本拠を置き地方新聞を取り扱う会社だ。

「私をこの出版社に連れて行って。策があるの。最悪失敗したら捨てていいから」

「いきなりどういうことだ」

身を乗り出したアッシュに私は考えを披露した。半信半疑な様子でアッシュは片眉を上げた。

「……うまくいくのか？」

「うまくいかせるのよ」

私はにっこりと笑って見せる。私にもうまくいくかはわからない。鳥籠《きぞくしゃかい》の外に出て、こんなことをするなんて初めてだから。

アッシュは渋い顔をしていた。私は言い募る。

「足手纏いかどうか、確かめるいい機会じゃなくて？」

最後の言葉にはウインクを添えてみた。なんだか悪女っぽいとわくわくとする。

アッシュはしばらくじっと私を見つめていたが、決心が固まったように、ふっと肩の力を抜いた。

「俺は目的が達成されればそれでいい。あんたの策に乗る」


翌日。私たちは早速フルニエール広報社の前に立っていた。朝市広場を四角に囲った建物の立ち並ぶ市街地、その日陰側の角にフルニエール広報社は位置している。

一階にはカフェが入っていて、気難しい顔をした紳士がテラスで新聞を読んでいる。上を見上げると、カーテンで閉め切られた部屋や、書類で窓が覆われているような部屋も見える。窓も曇っていてあまり掃除は行き届いてなさそうだ。

「棒立ちになってどうした。怖気付《おじけ》いたか」

隣のアッシュが煽《あお》る。

「……いいえ、気持ちを落ち着けていたの」

私は深呼吸して頬を叩く。そして悪女らしく顎をつんと高くしてアッシュを促した。

「行きましょうアッシュ。勝負はここからよ」

背筋を伸ばし、堂々と玄関ドアを開く。何かを読んで暇をつぶしていたらしい受付の女性が、私たちを見遣《みや》って面倒そうに上から下まで眺めて再び目を落とす。ブラウスにシンプルなロングスカートを履《は》いた、街に降りて以来あちこちで目にした職業婦人と同じ装いをしている。

「使用人斡旋所は隣よ。間違えてるわよお嬢さん」

「いいえ、間違えていません」

私はきっぱり否定し、彼女に向かって背筋を伸ばして胸を張る。

「私、キサラ・アーネストと申します。責任者のフルニエール男爵とのお約束《アポイント》をちょうだいしたくて参りました。手紙を置いてもよろしくて？」

女は目を瞬《まばた》かせ、上から下まで眺め回すと、興味を失ったように視線を再び手元へと落とす。

「……はいはい。あなたのような人たくさん来るのよ。キサラ・アーネストだとか、王太子の側近とか、ゴシップを知ってるメイドとか、色々とね」

「話を聞いていただければ、嘘《うそ》ではないとわかるわ」

「嘘だろうがなんだろうが興味ないの。とにかく、あなたのような人が記者の手を煩《わずら》わせないように私が雇われているんだから、通すわけにはいかないの」

あっちに行って、と言わんばかりに片手で払われてなすすべもない。

私は振り返ってアッシュを見る。アッシュは黙って肩をすくめる。

そこにくたびれた姿の中年男性が通ったので、私は急いで彼に近づいた。

「失礼。私キサラ・アーネストと申します。御社《おんしゃ》にとって良い情報を差し上げますので、」

「はいはい、急いでるから」

「私、貴族階級のゴシップなら、いくらでも出せますわ」

「冗談言うなよ、じゃあな」

すたすた。疲れた様子で、男性は立ち去っていく。受付の女性が嫌そうな顔をして私たちを見た。

「いい加減出て行ってくれない？　そろそろ私が怒られるんだけど」

「……ではせめて、お手紙を置いていってもよろしくて？」

「そこに置いといて」

私は用意していた手紙に、女性の目の前でサインをする。目の前でサインをすることで私が書いたと証明してもらうのだ。

広報社を出て、私たちは顔を見合わせた。

「……軽くあしらわれちまったな」

アッシュは肩をすくめた。

「まだまだよ。策はあるわ」

私はふてぶてしく笑って見せるけれど、嘘だ。

ここまでつれないとは思わなかった。キサラ・アーネストの名を出せば多少なりと特別扱いしてもらえると思い込んでいたのだ。

どうしよう――うさぎの仕留め方でも学んだ方がいいのかしら。
とりあえず手紙は残したので、なんとかなると思いながら私はそこを後にした。

数日はかかると思っていたのだけれど――意外と早く、成果は出た。

数時間後。

市街地の外れを歩いているとき、後をつけてきていた男をアッシュが取り押さえたのだ。

「ひいい」

「誰だお前は」

男は路地裏に転がった帽子を拾いながら、大慌てで言う。

「も、申し訳ありません！　あの！　怪しいものではありません！」

胸ポケットから出した名刺を受け取る。

「ようやく見つけました。……今日弊社《へいしゃ》に手紙を残した方ですよね？」

汗を拭いながら言う彼は、身なりの良い明らかに下っ端《したっぱ》と違う雰囲気だ。

「キサラ嬢に、男爵が是非お話ししたいと。ご案内いたします」

彼はふと、アッシュを見やって怪訝な顔をする。

「あの、この人は……？」

私は少し考え、アッシュの腕に腕を絡《から》めてにっこり笑う。

「そうね、恋人かしら？」

「恋人……ですか？」

「悪女キサラ・アーネストには、恋人の一人や二人は当然よ。気になるなら、ここで帰るけれど？」

「かしこまりました。では一緒に」

男性はそれ以上深くは聞かずに背を向け、早速私たちを馬車へと案内した。

アッシュは馬車に乗るなり、なんとも言えない怒りの顔を私に向ける。私は笑った。

「暗殺者を連れてます、なんて言った方が胡散臭《うさんくさ》いもの」

「……だから恋人って」

「悪女キサラ・アーネストらしいでしょ？」

「噂通りでは、ある」

――それから私たちは再びフルニエール広報社へと戻った。

受付の女性に先ほどとは真逆の丁寧な礼で挨拶され、五階の奥の部屋に案内される。小さめのソファとテーブルが用意され、壁に幾つかの絵が飾られた簡素な部屋だ。

私たちに少々待つように伝え、男性はティーセットを用意し終えると部屋を出ていった。

二人きりになり、私はぐるりと部屋を見回す。

「狭い部屋ね。やっぱり疑われているのかしら」

「これが普通の応接間だ、悪女。……まあ、待つしかないな」

私は出されたティーカップを持ち上げ、ゆっくりとお茶を飲む。輸入品の高級なお茶の味がして、私は懐かしい気持ちになった。

「トーシャオ産のお茶ね。帝国以東のお茶をいただけるなんて珍しいわ」

「さすが、お嬢様は詳しいな」

「知識だけはね」

私は苦笑いする。

「良いお茶を安心して飲めるのは初めてよ。王太子によく嫌がらせをされていたから」

王太子との茶会では、必ず飲み物にひどいものが入っていた。虫やゴミはマシな方で、よくわからない何かが浮かんでいることも日常だった。飲み干した私をにやにやと眺める王太子の眼差しは今でも思い出すと吐き気がする。毒殺されなかっただけでも、まだマシだった。

「酷い扱いされていた割に、悪女のふりだけは達者だな?」

「虐待が嘘だと言いたいの?」

「さてな」

しばらく沈黙が続いていると、アッシュが小さく呟いた。

「俺が一緒のうちは他の奴に殺させやしない。『女神の右目』の手がかりだからな」

「それは……ありがとう」

もしかして、彼は彼なりに「守ってやる」と言ってくれているのだろうか。

私は嬉しくなった。つい出てきそうになった「あなたって優しいのね?」という言葉を飲み込む。

当然彼は優しさで言っているのではないのだから。

けれど私にとって、アッシュのその言葉は――これまで出会った誰よりも優しいものだった。

「しっかり守ってちょうだいね、恋人さん？」

私がお礼を言ってウインクを投げても、アッシュはこちらを見ようとしなかった。それでいい。

アッシュにとって、私は貴重な手がかり。

それ以外はまだ足手纏いでしかない――これから、私が利になることを見せつけるのだ。


それから私たちは長い時間待たされることになった。

応接間は（アッシュ曰《いわ》く）広くて、時々お茶菓子が追加されたので、私たちは休憩できる時は休憩しておこうと、ありがたくのんびりと過ごさせてもらった。

私は眠くなって、ソファで仮眠させてもらった。二時間ほどして目を覚ますと、アッシュは部屋の書棚に置かれた本を手に取り読んでいた。

「……まだなのね」

「よく眠れるな？」

呆れた風に言ってアッシュは本をパタンと閉じると、窓の外を見ながら説明する。

「きっと今、キサラ・アーネストについて情報を集めている。あんたが本人かどうか」

「そう。……確証が取れなくても確保しておくべきだと、ひとまずは思ってもらえたのね」

フルニエール男爵が部下に命じてすぐに私を応接間に確保したのが意味していること――彼はおそらく情報として、キサラ・アーネストが消えたことを知っている。

次にアッシュが仮眠をとって、太陽がすっかり西の空に傾いた頃。

西日の眩《まぶ》しい部屋に、ついに足音が近づいてくる。私たちは顔を見合わせて姿勢を正す。

「失礼。会議が押していたものでね」

癖のある黒髪をなでつけた男性が、ドアを開けてやってくる。三十代半ばで、日に焼けた肌、彫りの深い目鼻立ちに厚い唇。瞳は薄いグリーンだ。がっしりとした顎には無精髭《ぶしょうひげ》が浮いている。

淡いブラウンのスリーピースが役者のように様になった色男だ。

彼は袖を捲った逞しい手を胸に添え、恭《うやうや》しく気障《きざ》に紳士の辞儀をした。

「待たせてしまって申し訳ない、キサラ・アーネスト公爵令嬢」

——ファビアン・フルニエール男爵。

貴族向けの運送業で富を得た父親の事業を継ぎ、お金で爵位を買ったいわゆる『成り上がり』の元平民だ。各地のコネクションを利用して平民向けの大衆紙を主軸とする出版社を創業。貴族の爵位を持ちながらも元平民というコウモリ的な立場をのらりくらりと利用し富を得ている、今乗りに乗っている新興貴族の一人だ。

私は立ち上がり、彼に辞儀を返す。

「こうしてお会いするのは初めてかしら、フルニエール男爵。男装で礼を欠いて失礼するわ」

「とんでもない。あのキサラ嬢にお会いできるなんて、成り上がりの身としては光栄至極《しごく》」

紫煙とムスクの香りを漂わせ、フルニエール男爵は向かい側に座る。公爵令嬢として丁重に扱ってくれてはいるものの、眼差しは爛々《らんらん》としてこちらを値踏みしている様子が明らかだ。

待たせたのも一つの作戦だろう。

父がよく使っていた手だ。相手を待ちくたびれさせることで優位がこちらにあることを示し、また長い待機の緊張に晒すことで疲弊させる交渉術だ。

一筋縄では行かない相手だ。私は笑顔が消えないように意識する。

彼は私、そしてアッシュを見て目を眇めてみせた。

「で、キサラ嬢は彼と駆け落ちと洒落込《しゃれこ》んでいるのですか？」

「私が偽者だと思わないのね？」

「キサラ・アーネストが消えたことはごく一部の情報でしか漏れていません。それで騙る少女が来るのはおかしいと思いましたし……何より、キサラ・アーネスト公爵令嬢の紋章までサラサラと一筆書きでサインできる少女など、騙っているのだとしても逃すわけには行かない逸材ですからね」

「信じていただけて光栄だわ、男爵。早速だけど単刀直入に要件を言わせてちょうだい」

彼の瞳が鷹《たか》のようにぎらりと光る。

私は背筋を伸ばして目を逸らさず伝えた。

「私と彼の情報を買ってくださらない？　代わりに保護を要求するわ」

「ほう、情報ねえ……」

こういう交渉に慣れているのだろう。彼は余裕を見せながら顎を撫でる。

「しかし、あなたの情報とは一体どんなものか、教えてもらわないと私も返事はできませんよ」

「もちろん」

私は悪役っぽく微笑み、机に置かれていた新聞を手に取る。

いわゆる低俗かつ下品、下世話なゴシップ記事、特に高位貴族を嘲笑《あざわら》うような記事が多い。

フルニエール広報社の記事の方向性は調べ尽くしている。

一年の死に戻り《ループ》の中でも、記事を眺めて王太子が嗤《わら》っていたのを覚えている。

「例えば。ゲラン侯爵家のご令嬢ニアと、執事レイノルドの駆け落ちについてなどは有名だけれど」

「ええ、有名な話ですね。二人は処分を受けてバラバラになりましたが？」

彼は「その程度知っている」と言いたいのだ。

私は扇に見立てた新聞を口元に添えて微笑んだ。

「あれはニア様の狂言なのよ。ニア様の本命は護衛騎士のルイス。レイノルドはニア様に弱みを握られた上、お金を積まれて頼まれたの。自分とルイスの逃避行に手を貸して欲しいと」

フルニエール男爵の表情は薄い微笑みから変わらない。試されている。私は続けた。

「確かめてみて。護衛騎士ルイスは妻を娶《めと》って転勤したわ。レイノルドをつっつけばきっと色々吐いてくれるんじゃないかしら。レイノルドは執事を辞めた後、南方の子爵家に雇われている。お喋りな人だったから、きっと足取りを洗えばすぐに見つかるはずよ」

話し終わった頃にはフルニエール男爵の目の色が変わっていた。

「なぜそんなことを公爵令嬢のあなたが知っているのですか？」

「秘密よ」

私はにっこりと笑った。ニア侯爵令嬢の兄は、私の兄の学友だった。

兄たちが屋敷で歓談するとき、ニア公爵令嬢とルイスの関係を噂していたのだ。駆け落ちの真相も、ゲラン侯爵家がその後どうやって始末をつけたのかも、盗み聞きや手紙の盗み読みをしていればあらかた把握できた。一度の盗み読みでわからなくとも、死に戻り《ループ》の度《たび》に読み、人間関係を観察していたら見えてくる。

盗み読みや盗み聞きがはしたないのはわかっている。けれど執務室で虐待する方が悪いのだ。

死に戻り《ループ》脱却のために足掻いていた私は、とにかく片っ端から手紙や交友関係をチェックして、どこかに私を助けてくれる人はいないか探していた。

結局、助けてくれる人は見つからなかったけれど——代わりに情報という武器を手に入れた。

「なるほどね……」

フルニエール男爵は黙り込む。私は新聞を置く。

「保護していただけないのなら、他の出版社に行かなければならないわ。残念だけど……」

腰を浮かせた私に、彼は笑顔で、しかし急いで声をかけた。

「とんでもありません、レディ。今夜ご用意するホテルについて考えておりました。レディの城は是非私に用意させてください」

勿体《もったい》ぶった言い方をしつつ、フルニエール男爵は微笑む。私たちは立ち上がり握手をした。

「ありがとう。仲良くしていただけると嬉しいわ。言葉遣いも堅苦しくなくて良くってよ。あなたのような人が私に敬語を使うと、身元を訝しまれてしまうわ」

「それもそうだな。……しかし」

フルニエール男爵はアッシュを一瞥する。まるで私たちの関係を探るように粘っこく、彼は問いかけてきた。

「馴《な》れ馴《な》れしくして彼が怒らないのかい？」

「彼は寛容だから」

私は悪女っぽく、ウインクして見せた。


――その後、私たちはフルニエール男爵の馬車で市街地から離れた場所のホテルへと案内された。

用意された部屋は、ホテルの表側からは見えない角度に設置された一室。スイートルームだ。

アッシュは玄関で私を止めると、部屋のあちこちを黙って確認する。

戻ってきたアッシュは、荷物を放り投げて私につかつかと近寄ってくる。髪はすでに銀髪だ。

「問題ない。少なくともこの部屋は安全だ」

「良かったわ」

「良くはない」

アッシュが苦い顔をする。

「二人用の部屋だ」

「それは……私が恋人って言ったからじゃないの？」

「……」

「これまでも一緒に寝泊まりしてたのだから、私は気にしないけど」

アッシュは黙る。そして何かを諦めたように肩をすくめて答えた。

「まあ……あんたを見張るには、二人部屋なのは好都合だな」

「でしょう？　あなたも依頼主に、まさか女と一緒にいるなんて思われていないわよ」

私は部屋をあちこち探検することにした。

キッチンも居間も客間も、書斎もある。実家よりは随分と手狭だけれど、今まで潜伏していたホテルの部屋と比べたら豪邸みたいだ。

「素敵！　ダブルサイズのベッドルームが二つあるわ！」

私は寝室に入り、思いっきりベッドに飛び移ってみる。跳ねて楽しい。

久しぶりの柔らかで清潔なベッドリネンを味わっていると、後ろから気配を感じる。

振り返るとアッシュが厳しい顔をして立っていた。

「アッシュ？」

「勘違いするなよ。……俺はまだ、あんたを完全には信用していない」

「ええ。それは当然の感情だと思うけれど……」

「だが」

アッシュは少し間を空けて、呟いた。

「……役に立つとは認めてやる」

「まあ」

私は嬉しくなる。アッシュに守られてばかりでは嫌だったから。

「それは良かったわ！」

「だが出し抜こうとは考えるなよ？」

「当然よ。だからナイフはしまってくださる？」

私は彼の右手を指し示すと、アッシュは僅《わず》かに眉を寄せた。

「ふふ、あなたがナイフを意識している時はわかるようになったのよ」

私はベッドから降りて、アッシュの前に立つ。

首が痛くなるほど上を見上げ、仏頂面《ぶっちょうづら》の彼と目を合わせてにっこり微笑んだ。

「あなたならそんなもの使わなくても、私を殺すくらいはできるでしょう？　こんなか弱い女一人相手でも、ナイフがないと二人きりで向き合えないほど臆病なの？」

「っ……」

「怒らないで。信用して。私はあなたに危害は加えないし、あなたもまた、私に暴力はふるわない
——約束していただけるかしら？　これからの協力関係のためにもね」

私は舞台で観た、悪女の最期を思い出す。

そして苦痛を目的とした冷たい激しい暴力を浴び、死んでいった自分の人生の痛みを。

私はまだ笑顔で死ねるほど人生楽しんでいない。痛い思いをするのだって、なるべくなら嫌だ。

「アッシュ、私は絶対生き延びてみせるわ。殺させないし、殺すのは勿体ないって思わせてあげる」

しばらくどう返事をしようか思いあぐねている様子のアッシュだったが、ふっと肩の力を抜き、私に背を向けた。

「……せいぜい役に立てよ、これからも」

「ええ」

アッシュは廊下へと向かう。ふと気になっていたことを思い出し、私は彼を追いかけた。

「ところでアッシュ」

「次は何だ」

「部屋に入る前、何を確かめていたの？」

「ああ……盗聴だよ。盗聴用の魔道具が潜んでいるなら、俺の魔石である程度わかるから」

言いながら、アッシュは耳のピアスに触れる。

よく意味がわからなくて、私は目を瞬かせる。

そういえばアーネスト公爵家を出て最初の宿でも、アッシュは魔石で探知がどうのと言っていた。

あのときは軽く聞き流していたけれど、よくよく考えると意味がわからない。

「魔石――そのピアス、探知の魔道具なの？」

「違う。魔道具なら、使うたびに魔石を消耗するだろ？」

「……魔石そのものを消耗せず、使用できるってこと？」

私はアッシュの耳を貫くピアスへと目を向けた。

魔石は美しいものは宝飾品として使われるけれど、同時に魔道具の動力として消費されるエネルギー源でもある。石炭よりもずっとクリーンなエネルギーとして私が生まれた頃――十数年前から貴族社会を中心に実用化されてきたものだ。

「――魔術だ」

「マジッ？」

聞き慣れない言葉だった。

「ヴィルカス人――銀狼《ヴィルカス》の血を引く者は魔石を触媒《しょくばい》に、己の体力を魔力に変換し、魔術を行使できる。俺とこの石で扱えるのはちょっとした日常用の魔術程度だがな」

「……ピンとこないわ」

「王国の連中は魔石を石炭みたいに消費する道具――魔道具を作るだろう？」

「ええ。鉄道も、照明も、キッチンのコンロも、排水も……魔道具は全て魔石を消費するわ」

「ヴィルカス人にとって、魔石は触媒なんだ。エネルギー源は自分自身。魔石を粉々に壊さない限り、魔石そのものは半永久的に使える。見せるのが一番早いか」

アッシュはベッドサイドに置かれたメモを一枚手に取り、ふっと息をかける。あっという間にメモは小さな炎で燃え、塵《ちり》になって吹き飛んだ。

私は驚きのあまり言葉を失った。

「ほら、これも」

言いながらおもむろに、アッシュは三つ編みをつまむ。銀髪が毛先から金髪になり、黒髪に変わり――また銀髪に戻る。私は感嘆した。

「すごい……」

「ヴィルカス人は国外では目立つから、一番最初にこの魔術を覚える」

「知らなかった……気づかなかった。だって、……嘘みたい……」

アッシュは皮肉を目元に乗せて笑う。

「な、知らねえだろ？　……俺たちのことなんて」

私は頷いてピアスを見つめる。アッシュの瞳の色と同じ、海のような不思議な色合いだった。

「ええ。本当に……」

改めてヴィルカス人に対する自分自身の知識の浅さが沁みる。アッシュは魔石と同じ宝石のような瞳で、じっと私を見つめた。

「『女神の右目』も、強い力を持つ魔石なのね？」

「ああ、あれは特別だ。あれがあれば……」

「あなたの故郷が戻る――そうなのね？」

アッシュは返事をせず、それきり黙った。これ以上は話せないということなのだろう。

戻る、の意味はわからない。

「願いが叶《かな》うといいわね」

「叶えるんだよ、キサラ・アーネスト。役に立ってもらうからな」

「もちろんよ。そういう約束だもの」

――この時の私は、まるで他人事のように無邪気に。

「早く見つかりますように」と、心から願っていた。

第二章　悪女の暴露《ばくろ》

その日から私たちはホテル住まいをしながら、毎日応接間に訪れるフルニエール男爵にネタを提供した。フルニエール男爵は裏をとって記事にする。

アッシュは髪を金髪にしたまま、ヴィルカス人であることを隠して男爵に接していた。

私自身もアッシュの正体については言及を避けた。自分の利益のためにヴィルカス人を利用した――父エノック・アーネストの真似事《まねごと》になってしまうから。

代わりに私は、貴族社交界のゴシップと自分のことはなんでも売った。

――何度死に戻り《ループ》しても、何度周りに助けを求めても、私を助けてくれる人はいなかった。少しでも情報を得ようと、協力者を得ようと、私は死に戻り《ループ》の間に社交界に出て、人の話を聞き、動向を覚えていた。それでも殺される運命は変わらなかった。

まさかあの死に戻り《ループ》の日々、歯を食いしばって情報を集め続けた自分自身の行動が、死に戻り《ループ》から逃げ出した私の助けになってくれるなんて思いもしなかった。

今日もカップを傾けながら、私とフルニエール男爵は会話をしている。

コーヒーの味にもようやく慣れてきた。なんだか悪女っぽくて、いいと思う。

私の暴露した情報を元に書かれた広報社の記事は、貴族社会に不満を訴える平民階層を中心に爆発的に売れ、私にも相応の謝礼金が振り込まれ続けた。

契約交渉の時にアッシュがしっかりお金を取れるように立ち回ってくれたおかげだ。

醜聞《スキャンダル》を揉み消そうと必死になる貴族、暴露で復讐を願う使用人の依頼。貴族社会の動向と利益を考えながら、私とフルニエール男爵は貴族社会を引っ掻き回した。

毎日は笑ってしまうほど順調だった。

「アッシュ見て！　今週のお金よ！」

私はホテルに届けられた封筒を手に、アッシュに叫ぶ。

奥からやってきたアッシュが、封筒の中身を見て驚いた。

「嘘だろ、この金額」

「あなたが契約書を詰めてくれたおかげよ。どうかしら？　少しはあなたの目的の役に立てる？」

「……ああ、上等だ。十分すぎるくらいだ」

アッシュの言葉に安堵《あんど》する。これで今のところ、役立たずからは脱却できそうだ。

安心した私は部屋に漂う美味しそうな匂いに気づいた。

「スープの匂いだわ。作ってたの？」

「ああ、時間があるおかげで煮込み料理がいい感じにできたぜ」

高級ホテル住まいではあるものの、潜伏が最低限しか漏れないように従業員はほとんど入れず、食事もシェフに頼んだりはしていない。食事はアッシュが作ってくれた。フルニエール男爵の関係者から定期的に持ち込まれる食材に、アッシュが情報収集のために外出した時、ついでに朝市などで食材を揃えて作ってくれていた。私が全く料理ができないので、当たり前のように料理ができるアッシュをすごいと思う。

私は匂いに惹かれるように奥へと入る。

鍋《なべ》のあるテラスに向かい、私は感嘆の声を上げた。

「すごいわ、今日も美味しそうね」

私では持てないほど大きな鍋に、赤茶色の美味しそうなスープがぐつぐつと煮込まれていた。

アッシュはテラスの煉瓦の上に自作のコンロを作り、そこでマジツを用いた火を灯《とも》して煮込み料理を作っていた。住み込んで生活できるようなキッチンはあるけれど、魔導具を用いたかまどを見るなりアッシュが「……魔石は消費したくねえな」と使うのを拒否した。

それからアッシュは住み込んだ翌日には、ささっとテラスに鍋用の調理場を作ってしまっていた。

「匂いもいいけれど、お野菜がいい色をしてるわ」

スープは具がごろごろと浮かんでいて、具をすり潰すのが主流の王国のスープとは雰囲気が違う。レードルでそっと掬い上げると、ほろほろになった肉が糸のようにスープに滑り落ちていった。長く煮込んだ証拠だ。

「マジツって便利なのね。魔道具のかまどなら莫大《ばくだい》な量の魔石が必要よ」

「だから多くのヴィルカス人は魔石の流出を恐れていたんだ。俺らだけなら半永久的に残る財産なのに、国を出てしまえばゴミのように使い果たしちまう……」

魔術を使えるのはヴィルカス人だけだが、魔石はヴィルカス以外の国でも産出される。それでも我が国、イムリシア王国の魔石輸入先に選ばれてしまったのは、数々の小さな偶然が重なった不幸な結果だった。

「ごめんなさい」

「別にあんたも俺も国の代表でもねえだろ、無意味な謝罪より皿を用意してくれ」

「わかったわ」

私たちはそれからテーブルを用意し、二人でスープをいただく。美味しい料理を安心してお腹いっぱい食べて、よく眠って、私は毎日どんどん体が軽くなっていくのを感じていた。

夢中で味わっていると、向かいに座ったアッシュが呆れたような顔でこちらを見ていた。

「どうしたの？」

「公爵令嬢様が、すっかり形無しだな。少しは怖がったらどうだ」

「怖がるって？」

「毒とか」

「ご冗談」

私は肩をすくめ、パンを咀嚼する。

「私、あなたを信用しているもの」

飽きるほど命を落とした末、開き直った悪女の私だ。怖い思いを何度もしてきたからこそ、殺意のない人はなんとなくわかる。はっきりと言えばアッシュは怒るだろうけれど、少なくとも彼は、アーネスト公爵家憎しの感情に逸《はや》って利用価値のある私に危害を加えるような愚かな人ではないと信用していた。

「信用？」

アッシュは皮肉混じりに笑う。

「そう信じないと生きていけないだけだろ、あんたは」

「そうともいうわね」

動じる気にもならない煽りを受けとりつつ、私は食事を続けながら答える。

「でもこんなに美味しい料理を作ってくれる人、信用しなきゃ損よ。いつまでも一緒にいるわけではないのだから、堪能《たんのう》しないと勿体ないわ」

アッシュは黙っていた。

そして籠《かご》からバゲットを手に取ろうとする私から、アッシュはバゲットを奪う。

「あ」

彼は無言でバゲットでシチューを掬い取る。そして、添えていた薄切りのチーズをのせ、手をかざして表面を炙《あぶ》った。泡立つチーズに、バゲットの端っこがパリパリになる。

私を睨みながら、アッシュは押し付けるように手渡してくる。

「特別だ。食え」

「えっ」

「いいから」

彼は私に押し付けるように渡す。アッシュが食べるのかと思っていたから意外だった。

ずいっとさらに突き出され、私は「ありがとう」と言って受け取る。

口にすると、期待以上の味に顔が緩むのを感じた。

「美味しい……」

それを見て、アッシュは複雑そうな顔をしてため息をつく。耳が赤い。

「……調子が狂う」

「どういう意味？」

「つい手を焼いちまいたくなるんだよ、くそ。……んな美味《うま》そうに食うもんだから……」

「任せて。あなたの料理、私好きだから」

アッシュは眉間に皺を寄せ、私を睨んで言う。

「で、腹一杯になった公爵令嬢様。あんたはいい加減、何か思い出すことはねえのか？」

「『女神の右目』について、よね……」

あれから私はずっと思い出してきたけれど、どうしてもわからなかった。

「思い出せるならいくらでも話しているわ。……私がわかることなら今まで通り何でも話すから」

「……期待してるよ」

そうして話を打ち切ると、目の前の食事を平らげはじめた。

アッシュはやっぱり優しい人だ。暗殺者には正直、向いていない。

荒っぽく聞こえる言葉遣いも、わざとではなくヴィルカス訛《なま》りも多分に含まれているのだろう。

時々、言い回しや言葉のイントネーションが違うことには気づいていた。街を逃げ回る日々の中で、労働者階級の人々は貴族とは言葉が違うことを知った。けれどアッシュの言葉はそれとも違う。数の数え方のちょっとした違いや、「朝食」「昼食」といった単語の違い。私がわからなくて聞き返すとすぐに言い回しを私に合わせてくれるので、頭の回転も速いのだろう。

「私を飢えさせないため」と言いながら、それなりの料理を与えてくれるのは、優しさだけでなく、彼の育ちの良さを示している。美味しいあたたかな食卓を誰かと囲んできた人、特有の感覚だ。

「……私は、何も知らないわね」

私の呟きに、アッシュは「これから覚えりゃいいだろ」と答える。

「そうね」

私は笑ってごまかした。

アッシュは気づいていないだろう。あなた自身のことを何も知らないという意味なのを。

アッシュは私のことを知っている。出会ってすぐに信用してもらうため、死に戻り《ループ》のこと以外、私が洗いざらい話したからだ。

けれどアッシュのことは、まだ少ししか知らない。

腰に届く長い三つ編みは毎朝編み直していて、あっという間に綺麗に編み終えてしまうこと。王国の文字の読み書きもできて、二度見してしまうくらい字が綺麗だということ。こればかりは悪筆だった王太子を思い出して笑ってしまった。粗暴に振る舞っているけれど、どこかテーブルマナーが綺麗で、決して下品なことはしないこと。少なくとも外交に出ても遜色のない王国の作法を身につけている。ヴィルカス人の中でも上流階級の生まれではないかと思う。けれどあくまで想像だ。

あと、はっきりしているのは――私の名前を頑《かたく》なに呼ぼうとしないこと。

キサラ、と呼ばれたことはまだ「キサラ・アーネスト」かどうか確かめられた時しかない。

そして――三日に一度くらいは、夜に魘《うな》されていることだ。


「う……あ……あああっ……！」


呻《うめ》き声に、私は今夜も目を覚ます。

部屋に差し込む月明かり。一人っきりのベッドはがらんとして冷えている。

逃亡中は防犯と暖をとるために一緒のベッドに眠っていた。けれどホテル住まいになってからはアッシュの要望で、私は一緒に眠ることをやめていた。

遠くから唸《うな》り声のような、嗚咽《おえつ》のような声が響く。

私はベッドを出て、寝間着代わりのシャツのまま、月明かりを頼りにアッシュの寝室へと向かう。

私の部屋と正対称に家具が置かれている部屋をそっと覗《のぞ》く。

アッシュが真っ白なシーツに丸くなって魘されていた。

「兄貴……逃げろ……お願いだ……っ……お願い、だから……」

――やはり、今日も悪夢を見ている。

逃亡中はアッシュも気が張り詰めていたのだろう、こうして魘される姿を見ることはなかった。けれど一人で寝るようになってからは、次第に魘されることが多くなっていた。

私はアッシュの背中を撫で、声をかける。

「アッシュ、起きて。……起きて」

「……ッ!!!」

かっと目を見開き、アッシュが私の手を掴む。

一瞬だった。

ベッドに引き倒された私の上に馬乗りになり、アッシュは私の首に指を回す。

――外の雲が流れ、月明かりに私が照らされる。

――本物の殺意だ。

初めて会った夜、返り血を浴びて私と兄の元にやってきた暗殺者の顔をしていた。

「……あ……」

怯《おび》える私に気付き、アッシュの手から力が抜ける。私から離れた彼は、がくりと肩を落とした。

「出ていけ」

「でも」

「出ていけって言ってんだろ！」

「……」

私は深呼吸をして、体をゆっくりと起こした。

背を向けるアッシュに、私は頭を下げた。

「驚かせてごめんなさい。魘されていたようだったから」

アッシュはしばらく呼吸を整え、気まずそうに顔を背《そむ》ける。

「……いつも言ってるだろ。俺が魘されてても来るな。出ていけ」

「でも……辛《つら》そうだし……」

「そんな心配、あんたにされる謂《いわ》れはない‼」

アッシュの切実な叫びが部屋に響く。その後に訪れるのは静寂だった。

「……当然だわ。私の父が全てを壊したのに、私に同情されるのは嫌よね」

アッシュは背を向けたまま沈黙した。

私は少し考えたのち、アッシュの背中に腕を回す。

アッシュの背中が、手負いの獣のようにビクッと揺れた。

「何がやりたい」

「……あなた、私と一緒に寝ていた時は、魘されてなかったわよね？」

「……出ていけ」

「体温があれば、悪夢を見ないの？」

「ッ……！」

アッシュが私を振り払う。私はベッドに倒れた。

私を睨むアッシュは、はあはあと、肩で息をしている。

彼は睨むばかりだ。それ以上の危害を加えてこない。

言うことを聞かない私を殴ってもいいし、部屋から叩き出してもいいはずだ。

けれど彼は決して乱暴なことをしない。怒っていても、私の知る人の中で一番優しい。

――私は、なぜか胸が痛くなった。

きっと善良な人であろう彼が、苦しみ、暗殺者として生きざるを得ないことを。

放っておけなかった。

私は思いついたまま、アッシュの腕の中に入るように抱きついた。

引き離されないように、宥《なだ》めるように、私はアッシュの背中に腕を回して撫でる。

アッシュは無言だった。抵抗しないのをいいことに、私はそのまま語りかけた。

「私が小さい頃、まだお母様が生きていた時……抱きしめてもらったのは覚えているの。お母様の腕の中だと、よく眠れていたのよ」

たっぷり時間をかけて、アッシュが私に尋ねた。

「言ってたな。……今いるあれは義母だって」

「ええ。実の母は四歳の時に亡くなったわ。それでも覚えていることはあるの」

アッシュは黙って話を聞いてくれていた。呼吸が僅かに、穏やかになった気がする。

「母と一緒のベッドで眠る時、心臓の音が聞こえると寂しくなくて安心して、よく眠れていたの。あなたと屋敷を飛び出してから、初めてのことばかりなのにちっとも心細くなかったのは……きっとあなたの体温が近くにあったからだと思うの。だから……私もあなたと一緒に眠りたいわ」

あなたのためではなく、自分のために側《そば》にいたい。

そう言われては振り払いにくいらしく、アッシュはしばらく黙したのちにつぶやいた。

「……未婚の公爵令嬢様が言っていい発言じゃねえぞ」

「あなたも『寝れる時はしっかり寝ろ』じゃなくて？」

「…………あんたは……本当に……」

アッシュは黙っていたが、やんわりと私を押し戻し、黙って背中を向けてベッドに潜《もぐ》り込む。

「アッシュ」

「……こっち向くなよ、少し距離が欲しい……それでいいなら」

くぐもった声で、小さく、側にいて欲しいと続く。

言いにくそうにしながらも甘えられて、私は嬉しくなる。

「くっついていなくていいの？　近い方が……」

「あんた感覚が麻痺してるみたいだけど、ほんとどうにかしてんだからな、一緒に寝てるなんざ」

その調子は先ほどの暗さが消えていて、私はほっとする。

ベッドに潜り、触れない程度の距離でアッシュの方を向いて横になった。アッシュの後ろ頭は、月明かりに銀髪が冴《さ》え冴《ざ》えと輝いて綺麗だ。

眺めていると、アッシュが背を向けたまま呟いた。

「……まだ起きてるか？」

「ええ」

「あんたと一緒にいると……妹を思い出す」

初めて聞くアッシュの家族の話だった。

「妹さん……おいくつなの？　私と同じくらい？」

「十二」

「じゅっ……わ、私は十七よ、知ってるわよね」

そういえば、私は思う。

「アッシュは？」

「十八だ」

しばらくして顔をのぞき込むとアッシュは眠っていた。熟睡している様子だった。

「……良かった」

私はそっと身を起こし、眠るアッシュの横顔を見下ろした。

彫りの深い顔立ちも、銀の長い睫毛も綺麗だ。

男の人が無防備に眠る姿を見るなんて、アッシュが初めてだった。

人がいる部屋で穏やかな気持ちになるなんて、少し前までの自分ではありえなかった。使用人がいるだけでも緊張で浅い眠りにしかつけなかったのに。

「……一緒にいてくれてありがとう、アッシュ」

気づけば私は引き寄せられるように、アッシュの髪を撫でていた。

撫でた後に「あっ」と思ったけれど、彼は目覚めることもなく私に撫でられていた。少し表情が柔らかくなったようにすら思う。

こうして一月以上一緒に過ごしていても、私はアッシュの過去を知らない。父に襲われた、ヴィルカス連邦の男の人。イムリシア王国において彼らは、文化水準の低い、自分たちよりも後進的な暮らしの人々だと信じられている。迷信を信じ、よくわからない怪しい文化をもつ、不気味な人たち――と。けれどアッシュと暮らしていると、そんな人たちだとはとても思えない。

アッシュを知りたいと思った。


――あなたの故郷はどうなったの？

――身体中の傷は、一体どんな過去を示しているの？

――あなたはなぜ、必死にアーネスト家に奪われた宝物を探そうとしているの？


聞きたいことはたくさんある。

けれど、キサラ・アーネストとしては土足で踏み込むように尋ねられない気がして、私はただ彼の髪を撫で続けた。

いつか彼の方から、聞かせてくれる日がくればいいと思う。

「……良い夢を」

ベッドに潜り、私は目を閉じた。

アッシュの寝息に安心するように、私も深く、深く眠りに落ちていった。

アーネスト公爵家を逃亡し、二ヶ月がすぎた。初夏だ。

私は貰ったお金で買った質素な既製品のワンピースを着るようになり、朝、短い髪を自分で濡らし、櫛《くし》で梳《す》いて整えるのが当たり前になった。料理はまだ全然できないけれど、自分の身の回りの世話やベッドメイキング、簡単な掃除は覚えた。

たくさん新聞を読んだし、本も読んだし、フルニエール男爵とのお付き合いの中で中産階級流らしい言葉遣いや生活も、どんなものなのか知ることができた。

アッシュは相変わらず街に情報を集めに出ることがあったが、それ以外の時は料理をしている日も増えた。体が鈍《なま》るからと部屋で鍛えているのを見ることも多いので、最近は傷だらけの上半身を直視しても、悲鳴を上げることはなくなった。傷こそあれどアッシュの背中はとても綺麗で、私はアッシュが懸垂をしている背中を見るのが好きだった――ヴィルカス人の中では細身らしいことを気にしているというのも、最近気づいたアッシュの一面だった。

フルニエール男爵との関係は順調だった。

――ここ、イムリシア王国で魔石による魔道具開発が広まって二十年あまり。

商工業が発展し鉄道が開通したことで流通も活発になり、富める平民や新興貴族たちは急速に力をつけ、彼らは貴族から既得権益を奪おうと躍起《やっき》になっている。貧富の差が広がり、搾取されて貧しくなった労働者階級は、国の政治に苛立ちを感じるようになった。

富める者も貧しき者も、皆共通の敵として貴族社会の醜聞を求めていた。

フルニエール広報社の新聞が、彼らの心を掴むのは容易《たやす》かった。

私の父——アーネスト公爵がヴィルカス連邦侵攻を煽ったのも、民衆の鬱憤《うっぷん》の矛先を外国に向け、ガス抜きしようともくろんだ意味もある。結果として失策となり、貴族社会への風当たりはますます強くなっているのだけど。

フルニエール男爵は広報社のゴシップ記事で煽るだけでなく、市民活動家や他の商会ともつながり、情報を売ることで随分儲けているようだ。

私にくれるお金は彼にとっては端金《はしたがね》だろう。しかし少なくとも、深く追及せず私たち二人に安全な隠れ家を用意してくれるのはとてもありがたかった。

アッシュは朝から朝市に情報を集めに行った。私は部屋のソファに横になり、だらしないポーズでゴシップ記事を読んでいた。気だるげで悪女らしいわ、なんて思いながら。

「『悪女、キサラ・アーネストの淫《みだ》らな生活』、ね……」

似ても似つかない風刺画で謗《そし》られる、フルニエール広報社の過去の記事に、苦笑いしてしまう。

私の醜聞の片棒を担《かつ》いでいたフルニエール広報社で働くなんて、運命の皮肉が効いている。読みながらつい笑ってしまう。

「……何一人で笑ってんだ」

「ああ、お帰りなさい」

外から戻ってきたアッシュが、髪を銀髪に戻しながらこちらへやってきた。

「はしたないぞ、スカート捲れてる」

しかめ面でめくれたスカートを直すアッシュが、なんだかおかしい。

「ったく。妹の方がよっぽど上品だったぞ」

「ふふ、まるでお兄さんができたみたい」

「十七歳なんだろ、少しは恥じらえよ」

アッシュは小言を言いながら私の手元を覗き込み、露骨に嫌そうな顔をした。

「あんたの醜聞じゃねえか」

「おかしいのよ。私が社交界に出ないのは、いろんな令息を誘惑して風紀を乱したからなんですって。その他にも他の侯爵令嬢を虐《いじ》めただとか、父が略奪してきたヴィルカス人を侍《はべ》らせているとか。あなたに会うまで、ヴィルカス人の方にお会いしたこともなかったのにね？　……ああ、この記事の王太子から嫌われてるっていうのは本当かも」

アッシュが新聞を奪うので、私は体を起こす。隣にどっかりと座って新聞に目を通し、アッシュはぐしゃり、と握りしめた。

「胸糞悪《むなくそわり》ぃ」

そう呟く彼の横顔は険しい。目の前で平気な顔で読んでしまってなんだか申し訳なくなる。アッシュは呻くような声で問う。

「……怒らないのか、嘘で謗られて」

「怒る理由はないわ。だって『私』のことなんて書かれていないから」

「そのせいで命が狙われてるってのにか？」

「おかげであなたと会えたわ」

「……」

呆れて閉口するアッシュに、私は肩をすくめた。

「怒るよりむしろ……まるで物語の悪女のように、生き生きと生きていて……ちょっと羨《うらや》ましくなるわ。架空の『キサラ・アーネスト』が」

「はっ。尊厳を踏み躙られて笑うなんざ、どうかしてる」

「本当に踏まれてるわけではないもの」

アッシュは何かを言おうとして——口を閉ざす。

私の言葉に、私の受けた虐待を思い出したのだろう。アッシュは荒っぽく髪をぐしゃりとして立ち上がり部屋を去った。背中を見てしばらくして、私はアッシュが私のために怒ってくれていたのだと気づく。

「……私はアッシュを不幸にした、アーネストの女なのに……」

黙っているのが嫌で、私は追いかける。アッシュは廊下で私を振り返った。

「ありがとう、怒ってくれて」

「……はあ？」

「私が悪く言われて、あなたは不快に思ってくれたんでしょう？」

アッシュの眉間に皺が寄る。それは私に苛立っているようにも、何か別のものに怒っているようにも見えた。

「生きながらえたいんだろ。ならば怒れ」

「怒っても仕方ないわ。だって怒ったからって辛いだけだし」

「ッ……怒れよ！」

次の瞬間、アッシュは強い口調で言い返した。

反射的に口を閉ざすと、アッシュは怒鳴ったことを悔いるように顔を顰《しか》める。

そして、低い声で呻くように口にした。

「キサラ・アーネスト。よく聞け。踏み躙られて『それも仕方ない』と知った顔して笑ってなあなあにして生きてると、いずれ殺されても『仕方ない』で片付けちまう」

「アッシュ……」

「大事にされなかったからって、あんた自身まであんたを粗末にするな」

強いアクアマリンの瞳に射抜かれる。

「苛々するんだよ。ただ虐待されてただけのあんたが、怒りもせずにヘラヘラと……」

言葉を失った私に、アッシュははっと我にかえった顔をする。そしてくるりと背を向けた。

「悪い。……忘れろ」

アッシュ――私を殺さなかった、暗殺者だった人。

「……どうしてあなたは、そんなに怒ってくれるの？」

「あんたのためじゃねえ。俺が苛々するだけだ」

アッシュは去っていく。私はその背中を見つめていた。


夏の盛りになる頃、ホテル住まいは急に終わりになった。

知らない貴族から、暗殺者が送り込まれてきたのだ。

私はその暗殺者を見ていない。暗殺者が来たことすら気づいていない。

ただ、返り血を浴びたアッシュが怖い顔をして服を脱ぎ、シャワーを浴びる姿を見た。

私は震えた。

「……やっぱり、あの記事で怒っている人がいるのね」

「当然だろ、呆れた呑気さだな」

その後、フルニエール男爵からホテル住まいを引っ越さないかと提案された。彼曰く「夏は行楽客が増えるから、知らない顔も増える。スイートルームにずっと暮らす男女二人の素性をそろそろ怪しむ人もいるだろう」ということで。

「アパルトメント住まいに引越しなんて。……もしかして私たち、切り捨てられるのかしら」

「違う、逆だ。……ずっとホテル住まいよりこっちの方が関係を長続きさせるには都合がいいと思われたんだ」

アッシュの勧めで普段から身軽に動けるよう荷物をまとめていたので、引越しは一日で完了した。

都市部で働いて暮らす若い夫婦の多い住宅街、フルニエール男爵の知人のアパルトメントにちょうど空きが出たのだという。

ここ数年は不作で飢え農村から街に職を求める次男以下の男女、貴族に暇を出された元使用人の移住者が増えているそうで。このアパルトメントならば余所者《よそもの》の若い二人が飛び込んでも目立たないと選んでくれたそうだ。

――こうして領地を逃げて生きる平民が増え、彼らの労働力をかき集め利益を上げる商人がいるのだから、不作の始末を重税や侵攻で片付けようとした、貴族たちの基盤が揺らぐのも当然だった。

アッシュは住まいを変える際、フルニエール男爵に交渉をした。

「引っ越してもいいが、代わりに自衛のための情報が欲しい。……アーネスト公爵家の動向はもちろん、俺の同胞――ヴィルカス人の潜伏者についても」

「いいだろう。しっかりと我々の大切な『悪女』を守ってくれたまえ」

アッシュを値踏みするように眺め、フルニエール男爵は目を眇めて了承した。

アパルトメントに私たちを送ってくれたフルニエール男爵と別れ、私たちは大家のお婆さんに挨揶揄する。元女家庭教師として勤めていたらしいメガネのお婆さんは、私たちを繁々《しげしげ》と見るなり「訳ありだねえ」と笑う。

言葉に詰まる私の隣で、アッシュが愛想良く笑顔を浮かべて私の腰を抱き、ウインクする。

「まあね。俺が一目惚《ひとめぼ》れして、ちょっとしたヤバいところから攫ってきたんだ。それ以上は想像にお任せする」

「やるじゃないか」

「俺たちこの街に慣れてないお上《のぼ》りさんだからさ、色々迷惑かけるかもしれないけれど、よろしくね。高いところの掃除とか、俺も手伝えることはやるから」

言いながらアッシュは、いつの間にか用意していたスコーンと茶葉の缶をお婆さんに手渡す。

「いい子じゃないか、顔も綺麗だし、あんたみたいな子は大歓迎さ」

あっという間にお婆さんと仲良くなると、アッシュはお婆さんを部屋まで連れて行き、部屋の中の説明をしてもらった。

部屋は元の住人の家具や調度品がそのまま残されていて、トランクを解けばそのまま住めそうだ。お婆さんはすっかりアッシュを気に入った様子だった。

「ここは主人の形見だ、大事に住んでくれる子が入居してくれるに越したことはないからね。何か困ったことがあれば頼るんだよ」

「親切にありがとうマダム。またね」

お婆さんは私にずいっと近づき、脇腹を小突きながら耳元でこそっと言う。

「いい男じゃないか。大事にしてやりな」

「は、はい……！　あ、ありがとうございました……！」

私は慌てて頭を下げる。ドアが閉まったのち、私はアッシュに拍手した。

「アッシュ、すごいわ。仲良くなるのがお上手なのね」

私の言葉を受けて、アッシュは思いっきりしかめ面になった。

「あんたが余計なこと喋ってボロ出す前に、さっさと懐柔《かいじゅう》しといた方が得だからな。……あんたもここの暮らしの間に、普通の女の振る舞いに慣れておいた方がいいぜ。市井に紛れられるに越したことはない」

「わかったわ。普通の女ね」

ガチャ。

「あ、そうそう」

「――ッ!!!」

突然ドアを開けてきたお婆さんに二人でドキッとする。

私たちの顔を見て、お婆さんは口元に手を添え、ヒソヒソと付け加えた。

「二人ともさしずめ駆け落ちした使用人ってところだろ？　お貴族様が追ってきた時に困ったら、市民活動家に頼るといいよ。貴族に不満を抱えた困ってる人なら、みんな親切にしてくれるから」

――その貴族だとは気づかれていないらしい。

「ありがとうマダム。安心して暮らせるわ」

「この部屋も元々は逃げ出した使用人の隠れ家だったのさ。しかし国外に逃げる算段が立ったたって……ね。ふふふ。だからお二人さんもうまくおやり」

お婆さんと別れた後、私たちは顔を見合わせる。

「市民活動家……」

私は以前の死に戻り《ループ》で、アーネスト公爵家を襲撃してきた人々を思い出す。

怒った彼らに取り押さえられて死んだのは何回だったか。

ひやっとする気持ちになった。この優しいお婆さんも、私が貴族だと知れば態度を変えるだろう。

──『悪女』キサラ・アーネストだと知ったら、どうなるか。

「飯にするぞ、さっさと荷解きしろ」

「ええ」

当たり前のように接するアッシュ。

それだけで、不安が自然と拭い去られるのが不思議だ。

私も対抗するように悪女っぽく笑って見せた。

「ふふふ、嘘をついて生きるって、危険と隣り合わせでどきどきするわね」

アッシュは肩をすくめて返事はしなかった。

先行きの不安なことはあっても、うまくやりたいと思った。

その日から、私は今まで通りフルニエール男爵に情報を売りながら、少しずつ「普通の娘」として生きる術を身につけていった。

貴族とバレないご飯の食べ方。街の歩き方。人に対する態度。

挨拶一つでも貴族だとバレると聞いて驚いたけれど、確かに私も社交界ではちょっとした動きだけで、『新興貴族かしら』と気づいていたのを思い出した。郷《ごう》に入れば郷に従え。悪目立ちせず自然と馴染《なじ》む難しさは、貴族社会も平民社会も変わりなかった。

世間知らずなままではいずれ危ないということで、アッシュと一緒に街に出ては、「情報集め」と称して二人であちこちを回った。

街に飛び出したばかりの頃とは違って、自分の世間知らずが目立ってはいけないことも覚えた。

私はわからないことがあれば、こっそりアッシュに耳打ちして質問した。

——例えば。

商店街の一角に設《もう》けられたベンチの脇に置かれたポストのような本棚のような変わった箱を見た時。

「あれは？」

「いらない本を入れるポストだ。読みたい本を持っていっていい。代わりに自分も一冊以上本を入れるのがマナーらしい」

アッシュは丁寧に使い方まで教えてくれる。

また、市場で変わった野菜を見つけた時。

「あのお野菜、見たことないわ」

「市場のアレか？　あれはビーツだな。ほら、あの真っ赤なスープの材料だ」

そう言ってアッシュはビーツを買い求め、翌日ビーツの冷製スープを作ってくれた。ビーツのスープは生クリームを入れると、口紅のようなピンク色になって驚いたけれど、口にしてみると優しい味がしてさらに驚いた。

――またある日は、教会の前に並ぶ多くの人々について尋ねた。

アッシュは険しい顔をしてその場を離れ、そして耳に唇を寄せて答えてくれた。

「教会の炊き出しだ。……飢えて地方から出てきたばかりの人々に、街の人たちが寄付を寄せ合って支援しているんだ」

「……待って？　都市部に仕事は多いのでしょう？　なぜみんな飢えているの？」

複雑そうな顔をして、アッシュは首を横に振る。

「誰でも読み書きと計算ができるわけじゃないからな」

「あ……」

「良い仕事を斡旋してくれる縁故がなければ、手に職があっても難しい」

また一つ、私はこの国の現状を思い知ることになった。

――こんな感じで、アッシュはいつもいろんなことを教えてくれた。

王国のことについてアッシュがあまりに詳しいので、私は彼に問いかけた。

「アッシュはヴィルカス連邦育ちなのに、どうしてそこまで詳しいの？」

「こっちに入国して他の兄さんらに教えてもらったんだ」

柔らかい言い方だ。意外だなと思って顔をまじまじと見ていると、アッシュはハッとして咳払いする。

――故郷が襲われたのは、一年と少し前、だったはずだ。

――そんな日々を送っていた、ある日のこと。

公園近くを歩いている時、私は男の人でごった返している食堂のような、不思議な建物が目に止まった。被った帽子を傾け顔を上げると、私はいつものようにアッシュに問いかける。

「アッシュ。怖そうな男の人たちが集まっている、あの場所は？」

「依頼斡旋所《ギルド》だな。平たくいえば日雇いだとか、案件ごとの仕事を探す連中が集まる場所だ。俺も時々顔を出してる」

意外な言葉に、私は思わず顔を二度見する。

「なんだよ」

「アッシュ……お仕事探してたの？」

「一階が飲み屋なんだよ。そこでたむろしてる連中は事情通が多いし、小遣い稼ぎに話を売ってくる奴も多い。与太話《よたばなし》も多いが、余所者でも気安く情報を集められる場所なんだ」

「なるほど……だから、時々お酒の匂いがしたり、煙草《タバコ》の匂いがしていたのね」

「俺はやらねえけど、移り香がな。……なんだよ、外で遊んでると思っていたのか？」

「そうは思わなかったけれど……」

片眉をあげるアッシュをしげしげと見つめ、私は依頼斡旋所を見やる。

――アッシュ、綺麗すぎて浮くんじゃないかしら。

思ってても言わないでおこうと思い、私は笑顔で誤魔化《ごまか》す。

「気をつけてね。ガラが悪そうな人もいるみたいだから」

「どこから目線だそれ」

アッシュは至極不快そうな顔をして、さっさと歩き始める。私は彼の隣を歩きながら、アッシュの姿を盗み見る。足が長くてスラリとしていて、かっこいいと思う。けれどアッシュは自分の容姿を気に入っていないようなので、迂闊《うかつ》には褒められない。

容姿を気安く褒めるのも良し悪しであると、私はアッシュで初めて覚えた。

今のところは恋人ごっこも順調だ。こういう時、悪女ならどうするだろう？

私は腕を絡めてみた。アッシュがぎょっとした顔でつんのめりそうになる。

「何やってんだ」

「恋人なんでしょ？　こういう演技ってどうかしら」

心底あきれた顔をして、アッシュが私を見下ろしている。私は上目遣いに微笑んだ。

「ちょっと安心しちゃった。お仕事を探して離れちゃうんじゃないのかって不安になったのよ」

「……なんだそりゃ」

アッシュはため息をつくと、やんわり私の腕を払った。

「今はまだ離れねえよ。離れたくてもな」

そして街の中心部までたどり着いた私たちは、公園のベンチに座る。フルニエール男爵も名を連ねる街の資産家たちがお金を集めて整備したという市民公園は、ちょうど昼時で昼食を広げる人々が集まっていた。

「そうだわ、今日はお昼を用意してみたの」

「昼？　あんたが？」

アッシュが目を瞬かせる。私は下げていた大きめの帆布バッグからハンカチとワックスペーパーの包みを取り出し、膝の上に置いて広げた。

「バゲットにハムとケチャップを挟んだだけなのだけど。……どうかしら！」

アッシュはバゲットサンドを見て何度か瞬きし、なるほどなといった様子でつぶやいた。

「……朝から起きて、何かでかい包みを作ってると思ったら……」

「あら、気づいていたの」

「気づくに決まってんだろ。……てか、なんでまたこんなことを」

「できることを増やしたいのよ」

料理は一切したことがないけれど、多少なりともできるほうが今後役に立つと思ったのだ。

「一人でやったのよ。驚かせたかったの、あなたを」

アッシュが料理をしているのを見て、これくらいならできると思って挑戦したのだ。想定では完璧な仕上がりのものを作ってアッシュを感心させるつもりだった。

けれど。正直なところ――ちょっと、失敗した。ふにゃふにゃで酷く不格好だ。

「へえ……」

アッシュは苦労の跡が見て取れるそれを手に取る。しげしげと見られるのが恥ずかしい。

私は早口で言った。

「け、結構難しいのね。食べなくってもいいわ。時間がたって余計ふにゃっと……しちゃったし」

アッシュは黙っている。私は気まずくて目を逸らす。

きっと揶揄《からか》われると覚悟を決めていると、あっさりとアッシュは平らげてしまった。

「あっ……！」

「なんだよ、食っていいんだろ？」

指を舐めて尋ねてくるアッシュに、私は頬が熱くなる。

「い、いいけど……その、ためらったりしないの？」

「あんただって俺の飯当たり前に食ってんだろ、何を今更」

そう言って、アッシュはもう一つ手にとって食べる。食べながら真面目《まじめ》に切り口などを眺めている。見ないで、といたたまれなくて顔を覆う。

「あんたよく俺の手元見てたんだな。初めて誰にも頼らずやったにしちゃ、上出来だよ」

「そ、そう……？」

アッシュの言葉に恥ずかしさが和《やわ》らいでくる。ちらっと彼を見やると、彼は遠い目をしていた。

「……懐かしいな。こういう飯、昔よく食った気がする」

穏やかな表情だった。珍しい様子に釘付けになっていると、アッシュはすぐに表情を戻した。

何を思っていたのだろう――尋ねる前に、アッシュの方から提案があった。

「料理。興味があるなら、今度教えてやろうか？」

「いいの⁉」

「ああ。ただこの国の料理の仕方と違うだろうけど」

「それがいいわ！　アッシュの料理がいいわ！　だって大好きだから！」

アッシュはぎょっと面食らったような顔をする。

気が変わらないうちにお願いしようと、私はずい、と身を乗り出した。

「いずれ離れるでしょう、私たち。そしたら大好きなアッシュの料理を食べられなくなるから、覚えられるなら大歓迎よ」

あっけにとられていた様子のアッシュが、吹き出す。

「……ふは」

アッシュは私を見て、耐えられないと言った様子で顔を覆って笑った。

「ほんと……あんたある意味『悪女』だよ。面白え」

初めての笑顔に、私はびっくりした。

「……なんだよ、その顔」

「あなたも笑うんだなと思って」

私の感想にアッシュは表情をまた元のしかめ面に戻すと、咳払いする。

その時、私の頭から帽子がひらりと飛んでいく。そのまま、遠くの木に引っかかってしまった。

「あっ」

「取ってくる。あんたは座ってろ」

アッシュは私の返事を待たずに立ち上がると、すたすたと行ってしまう。妙に足早だった。

私は背中にお礼を言った。

「ありがとう！」

お昼の眩しい日差しの元、きらきらと輝く長いおさげ髪が揺れるのを眺める。私は少しあたりを見まわした。

治安がいいので、昼間は普通の女の子なら一人で歩いている子も多い。

私は手持ち無沙汰《ぶさた》になり、ベンチに落ちていた新聞を手に取った。

「フルニエール広報社以外の新聞を読むのは久しぶりね」

呟きながら丁寧に開き——一面を見てひやりとした。

『アーネスト侯爵家、その没落と民衆の怒りの声』

——父を糾弾するセンセーショナルな記事だった。風刺画として描かれているのは父を模したらしい男性が、いにしえの絞首台に追い立てられる絵。彼のお尻を突《つつ》くように、北方戦役でボロボロになった騎士たちの姿と、ごつごつとした体の大きな人々が描かれている。あまりに強い怒りの込められた絵に、私はぎゅうっと胸が苦しくなった。ごつごつとした人々の絵に触れ、つぶやく。

「……これが、ヴィルカス人を……表しているのかしら」

風刺画なんてあえて醜悪に誇張して描くものだ。アッシュとは全然違う。

私は続いて、記事へと目を通す。父の政策に対する糾弾はそこそこに、ほとんどの内容は市民の怒りの声や、父がどんな風に断罪されるべきかという記者の意見が書き連ねられていた。

――記者の意見。それは願望でしかない。

けれど記事に目を通し、現実に怒りを増幅させる人々が確かにいるのだ。

さらにページをめくり、私は悲鳴をあげそうになった。キサラ・アーネストの文字を見つけたからだ。

『父の権力の陰で様々な悪行が噂されている悪女、キサラ嬢の断罪も間近か』

急にナイフを突きつけられたような恐ろしさを感じ、私は冷たい汗を流す。

周りの穏やかな喧騒《けんそう》が遠くなった気がする。

硬直している私に突然、声がかけられた。

「お嬢さん、アーネスト公爵家の記事に興味あるの？」

「っ……!?」

新聞をぎゅっと握って見上げると、若い男の人が数人こちらを見下ろしていた。二十歳前後だろうか。皆、腕に腕章をつけている。

にこにことしているのに――怖い。

「あ……あの……」

「ああ、ごめんごめん。びっくりさせちゃったね」

彼らは愛想良く笑って、手を横に振る。そしてじっと私を覗き込んだ。

「っ……！」

「君、アーネスト公爵家に興味があるのかなって思ってさ。俺ら今、市民活動のビラ配ってたんだ」

「そういう記事に興味がある――貴族に恨みがあるような、貴族をぶっ潰したいような人たちに、僕らは声をかけてるんだ」

何か上手に受け答えをしなければ。声を出そうとするけれど唇が震えて言葉が出ない。死に戻り《ループ》で何度も殺されたせいで、私は一線を越えられる人の目がわかる――彼らは、そんな目をしていた。

彼らは、キサラ・アーネストを殺せる男だ。

震える私に、彼らは顔を見合わせる。

「どーしよ、怖がらせすぎちゃった」

「そりゃそうだろ、いきなり話しかけたらさあ」

「怖がらせたお詫びに何かご馳走しようか？　なんかお上品な感じだよね？　もしかして貴族家でメイドしてたりする？」

「かわいいから市民活動家のみんなは歓迎するよ。お茶するだけだからさ、どう？」

貴族だとバレたらどうなるだろう。私がキサラ・アーネストだとバレたら。

もうバレているのだろうか。彼らの柔らかな態度は――連れて行くための演技だろうか。

――その時。私の頭に、ふわっと帽子がかぶせられる。

「俺の女になんか用か、あんたら」

アッシュは私と彼らの間に割って入り、私を背に庇《かば》ってくれた。

「ああ、悪いね兄さん。俺らただビラを配ってるだけだから」

先ほどまでの勢いはどこへやら、彼らはあっさりと引き下がる。

「ったく、ナンパじゃねえだろうな？」

「まさかまさか。気が向いたらビラに書いてる事務所までおいで、お二人さん」

彼らはあっさりと去っていった。震える私の肩を撫で、アッシュはため息をついた。

「あんた、怯えすぎ。そこまで怯えてちゃ怪しんでくれって言ってるようなもんだぞ」

「……あ……」

悔しいくらい、声が震えてしまう。

呑気な生活を続けていたせいで、すっかり殺意への耐性が減ってしまっていた。

アッシュは少し考えると、私をベンチに導いて座らせ、新聞の代わりに飲み物を持たせる。

「ほら、飲め」

頷いて、ゆっくりと飲む。ようやく息ができた。

「ありがとう。あの人たち、市民活動をしているのですって。私がアーネスト公爵家の記事を読んでいたら、話しかけられて……」

私はアッシュの手にある新聞を見せる。強く握りすぎてもうぐちゃぐちゃになっていた。

アッシュは合点した顔をする。

「あー……そりゃ、びっくりするよな」

「……だめね。私、もっとちゃんとしないと……」

私は過去の死に戻り《ループ》で市民活動家《かれら》に殺されたことがある。久しぶりに思い出した暴力の記憶に、私は落ち着こうと深呼吸を繰り返す。

たかがこんなことで、アッシュに足手纏いだと思われるのは癪《しゃく》だったから。

「あんた」

アッシュが口を開く。

悪女らしくもないとか、お前の罪だとか言われると身構える。

「……ほら、深呼吸するなら落ち着いてやらねえと、余計苦しくなるぞ」

アッシュは、意外にも背中を優しく撫でてくれた。

驚いて私が顔を見ると、アッシュは冷静な顔で私を見ていた。

「怖い思いしてきたんだろ。そりゃ、怯えるのも仕方ないさ」

「あ……」

彼は私が死に戻り《ループ》で何度も怖い思いをしてきていることを知らない。

それでも。彼はキサラ・アーネストを宥めてくれている。虐待を受けてきた娘として。

——彼は私の父に酷い目に遭わされた人なのに。

それからしばらくして、調子が整った私は彼に首を振り「もう大丈夫」と告げた。

「ありがとう。助かったわ」

「こんな調子で、屋敷を出て生きていけんのか？」

「大丈夫よ。すぐに慣れるわ。料理だってすぐに覚えて見せるんだから」

「言うじゃねえか」

強がって見せた私に合わせるように、アッシュが目を眇めて笑った。

強がっていると、悪女な自分を思い出せてきた。

そうだ。私は絶対負けないんだから。苦労した分だけ、絶対に生き残って笑顔でハッピーエンドを迎えてみせる。

「よし！　これからは……もっと人に慣れるわ！　怖がってる場合じゃないもの！」

「はいはい。わかったから正体バレねえ程度にしとけよ」

いつの間にか、怖くて凍りついていた気持ちは柔らかくほぐれていた。

第三章　葬られた公爵令嬢の反撃

「キサラ・アーネスト公爵令嬢の葬儀に列席してきたよ」

フルニエール男爵の別邸の一つ、海に迫り出して建てられた平屋建ての屋敷にて。

四方全てをガラス窓で囲い、まるで海上で食事をしているように錯覚させられる食堂の中心。

潮騒とウミネコの鳴き声が聞こえる絶景を前に、私は突然自分の葬儀について聞かされた。

真っ白な正方形のテーブルにはフルニエール男爵とアッシュ、私が揃っていて、机の上には前菜の盛り合わせが乗せられていた。

「喪主《もしゅ》の挨拶で、君は暗殺者に殺された……と公爵は涙ながらに訴えていたよ」

私はキッシュを切り分けていたフォークを止め、心を落ち着けるために目を閉じる。

屋敷が荒らされ、公爵令嬢が姿を消した。

普通、キサラ・アーネストは攫われたと判断されるのが自然だろう。

それなのにキサラ・アーネストの葬儀をするということは――すなわち生きているかもしれない私を探す気はないという宣言でもあり、同時に、私が名乗り出たとしてもアーネスト家の人間として認めないという宣言だ。


――親に、はっきりと切り捨てられた。

銀のナイフに熱を吸い取られるように、指先が冷たくなっていく。

元々虐待されていた身としては驚くほどのことでもない。

けれど私は虚しさを感じていた。親を思う子どもの本能だろうか。どんなにひどい扱いを受けても、心のどこかで、認めてもらいたいと願い続けてしまう虚しい本能。

隣に座るアッシュが窺《うかが》うような眼差しを向ける。

私は我にかえり、背筋に力を入れて微笑んだ。

「失礼。続けていただけませんこと？」

フルニエール男爵は口元だけで笑むと、カトラリーを滑らせながら話を続ける。

「公爵は君をヴィルカス人の暗殺者に殺されたと主張している」

男爵は思わせぶりにアッシュを見やったのち、話を続ける。

「一度失脚したとはいえ、君の父、アーネスト公爵への支持は未《いま》だ根強い。平民に強固な姿勢を取り続ける保守派の最大勢力ではあるからな。娘の死をダシに、侵攻を再開するかもしれないね？」

「『娘を殺した暗殺者、そいつの故郷であるヴィルカス連邦を襲え』……嫌なシナリオね」

「そうだ」

アッシュは無表情でナイフを動かしている。

私はゆっくりと落ち着いたポーズをとりながら、話をまとめる。

「父がやろうとしていることは分かったわ。市民活動家たちの鬱憤を貴族ではなく外に向けるために――貴族は今、派閥を超えて全てをヴィルカス連邦を共通の敵にしようとしているのね」

「今は一番これが得策だろうね。市民活動も君が暴露したゴシップでますます勢いが盛んになっているし、その怒りをヴィルカス連邦へと向ければおもしろいことになる」

――ぷすりと突き刺すような言葉だった。

「さすがだよ『悪女』。君は見事にこの国をめちゃくちゃにしようとしている」

「お褒めの言葉をどうも」

私のゴシップは、貴族と平民の間の溝を大きくするのに貢献しているのは間違いない。

その歪《ゆが》みがヴィルカス連邦に向けられるのは、皮肉な話だった。

フルニエール男爵は肉を平らげ、唇を舐めて言い放った。

「まあ、他国への侵攻は儲かるから、私も歓迎だがね」

――その瞬間。

ついにアッシュの手が震える。

アッシュの反応を、フルニエール男爵は見ないふりをしていた。

緊張で、私は生唾《なまつば》を呑み込む。

フルニエール男爵は皿が下げられるのを横目に、ゆったりとテーブルで指を組む。

「アーネスト公爵は次の挙兵ではうまくやるさ。邪魔な貴族令息を最前線に送り込むかもしれない」

「……そうね」

「貴族も平民も、一丸となってヴィルカス連邦を襲うかもしれない。非人道的なヴィルカス人に惨殺された娘に涙する父親の姿は説得力がある。誰もが正義の戦いに酔いしれたいのだから……ね」

「……正義の戦い、ね……」

私は父の秘書官を思い出す。

父は政策こそは粗雑と言われながらも、卓越した演説原稿を生み出す秘書官たちの手により宰相の地位を維持し続けていた。災害と不作で不安定になった王国でヴィルカス連邦侵攻という無茶を実現できたのも、ひとえに秘書官らによる尽力と人心掌握の助けがあってこそだった。

――今回のキサラ・アーネストの葬儀も喪主の言葉も、あの秘書官たちが作ったのであれば……規模の大小は計れないけれど、再侵攻自体は必至だろう。

娘の命一つで、両家にとって最善の結果が生まれようとしている。

音もなく近づいた使用人により、前菜の皿が下げられる。

代わりに、毒々しいほどに鮮やかなフルーツソースがかけられたステーキがテーブルに並ぶ。刻んだハーブを高く盛られたそれは、まるで貴族の牙城《がじょう》を示すようだ。

「……記事で、厭戦ムードを誘うことはできないの？　フルニエール男爵」

フルニエール男爵は唇を歪める。鋭い眼差しが私を射た。

「公爵令嬢。そこに私の利益はあるのかい？」

男爵は分厚い唇で楽しそうに微笑みながら、フォークとナイフを手にする。

「いいかい。侵攻は儲けになるから歓迎なんだ、私としては……」

肉を切り分けながら、彼は話を続けた。

「私は社会正義や慈善のために事業をやっているわけではない。むしろ争いが始まることは大歓迎。貴族社交界の醜聞も増えるだろう。侵攻が始まれば物資が必要となり、輸送の手が必要となり、運輸業も営む私の懐《ふところ》だって潤う。書くネタが増えて金回りが良くなれば、万々歳ではないかね？」

ぐうの音も出ないほど、正論だ。

彼は味方ではない。私は、何を勘違いをしていたのだろう。

虚しくなりそうになったところで、真っ青になったアッシュが目に入り、気持ちを奮い立たせる。

今、アッシュを守れるのは私だけ。

悪女の微笑みを思い出せ、キサラ・アーネスト。

こんな時こそふてぶてしく笑うのよ。

私は余裕のあるフリをしながら、ステーキを切り分ける。じゅわっと赤い肉汁が染み出して、フルーツソースと混じり合う。ゆったりと咀嚼しながら、私は必死で考え――決意を固めた。

父の足止めにもなり、フルニエール男爵にとっても利益になる策が一つある。

「ねえフルニエール男爵。……新聞で、私が生きていると暴露してみませんこと？」

「ほう」

顎を撫でるフルニエール男爵。弾かれるようにこちらを見るアッシュ。

私は悪い女の微笑みを浮かべ、ステーキをゆっくり咀嚼して答えた。

「『悪女』キサラ・アーネストですもの。暗殺者を殺して逃げ出し、実家に消されそうになって広報社に逃げ込んだって設定はどうかしら？　好戦ムードを煽る口実にしている『愛娘《まなむすめ》を殺され沈痛な父』ってイメージがひっくり返って面白いわよ。数日後には父も断頭台にいっちゃうかも。……生きてるのに勝手に葬儀をされて怒った『キサラ』が反論するってのは、みんな楽しいと思うのよ」

「それを私が広報する旨《うま》みは？」

にやにやと笑うフルニエール男爵。

——これは、私が言い出すのを待っていたわね？

嫌な人。そう思いながらも、私は悪女らしく話を続ける。

「世間で嫌われ者の私とコンタクトしているというのは、今後ますますセンセーショナルな記事を書くだろうと注目が集まるのではなくて？　さらにもう一つ。もっと大きな旨みがあるわ」

「もう一つ？」

「最小限の労力でヴィルカス連邦に貸しを作る、良いチャンスよ」

「ヴィルカス連邦に、だと？」

こちらの案は意外だったのだろう。

フルニエール男爵は少し身を乗り出す。

「記事を書くのと一緒に、私を殺したと風評被害を受けている、この国に潜伏するヴィルカス人暗殺者を、国から逃がして差し上げましょうよ」

「いきなり話が飛んだね？」

「飛んでないわ、私は大真面目よ」

私は悪女らしく胸を張る。

「彼らは殺してもいないキサラ・アーネスト殺害疑惑で絶体絶命。けれど同時に、彼らを暗殺に利用していた貴族家は父の暴露でひやひやしているでしょう。暗殺の証拠になっている彼らを持て余しているでしょうね。そこで――キサラ・アーネストの生存を公表し、貴族たちに『彼らを引き取る』と言えば、彼らはフルニエール男爵に感謝するでしょうね。ヴィルカス人と貴族、両方に恩を売れるわよ？」

「暗殺者は犯罪者だ。彼らを故郷に帰すのは人道的に認められないな」

「あら？　彼らが暗殺者になった原因を作ったのは王国じゃない？」

死に戻り《ループ》の中で得た交友関係の情報。腹の探り合いだらけの貴族の内情を思い出す。そして逃げ出してからの日々で叩き込んだ、生きるための処世術も。

「隣国ですもの、いずれヴィルカス連邦との国交は再開する。その時に、あなたが今ヴィルカス人を庇い、逃すことは必ず利益になるわ」

この時には、フルニエール男爵は笑みを消していた。

計算をしている、こちらの考えを読んでいる顔をしていた。

――これが頭の硬いだけの貴族男性ならば、私の話など鼻で笑って終わりだ。

けれどフルニエール男爵は、己の利益となるのならば何でも利用する。

小娘の私の暴露を信用して利用し、見事利益を得てきた彼ならば――今、目の前にぶら下げられた提案を検討してくれる。

私はにっこりと微笑んで見せた。

「あなたもわかっているのではなくて？　王国の騒乱が終わるとき、勝ち馬に乗る方法を」

たっぷりと時間をかけ、ステーキを平らげ……フルニエール男爵はフォークを置いた。

「……なるほど、考えておこう」

私はすかさず言う。

「今返事をちょうだい、私の提案に乗ると」

「ふむ。……しかし『獣の民』の連中が、その貸しを覚えているか？　私が信用しているのはキサラ・アーネスト。君だけだ」

――ヴィルカス人の蔑称《べっしょう》を口にして、フルニエール男爵は目を眇める。

思わず言い返しそうになったところで、隣から口が挟まれた。

「覚えているさ」

ずっと沈黙を保ち続けていたアッシュだ。

アクアマリンの綺麗な瞳で、アッシュはまっすぐフルニエール男爵を射抜いた。

スッと金髪に染めた髪が銀髪へと戻る。

ほう、と男爵が溜息をつく。

「……噂には聞き及んでいたが、見事な銀髪だな……」

私は言葉を失っていた。

アッシュの佇《たたず》まいはいつになく静かで厳《おごそ》かで――私は息を呑むしかなかった。

厳かに、静かに、アッシュは名乗りをあげた。

「俺はクレスタ州議長の次男、アッシュだ。アッシュ・ユーリフェリス・クレスタ。あなたが俺の同胞たちの国外脱出に手を貸してくれるならば、クレスタ州次期州議長として尽力する」

「……ヴィルカス人だとは気づいていたが……まさか州議長の子息だったとは」

フルニエール男爵は驚いた様子だった。知っているらしい。

アッシュは厳しい顔をして、彼から目を逸らさない。

「しかし、次男の貴殿に何の権限が？」

「父と兄は殉死した。俺は次期州議長の最有力候補だ。手続きは済ませている。……連邦の他州はともかく、クレスタ州は嫡子《ちゃくし》相続が原則だ。俺が戻れば、あなたと商人の顔つなぎをして構わない」

しばらく黙っていた男爵はベルで執事を呼び、ワインを用意させる。

手際よく出された赤ワインが私たちの前に注がれる。

「私はそちらの赤ワインが好きでね。販路の独占権をくれるならば答えよう」

「俺は必ず話は通す。独占権を取れるかどうかは、あんた次第だ」

二人はしばらく睨みあったのち、フルニエール男爵の方が先に黙ってワインを掲げた。

乾杯。お互いワインを飲み干す。

私はただ、何も言えずにその場を目撃していた。

そのまま話が終わり、別れの時間になった。

別れ際、フルニエール男爵は馬車に乗る私を呼び止めた。

「その彼と随分懇意にしてるのだね？」

彼の瞳がじっと私を見る。その言葉の意味をはかろうとして――やめた。

演技をしすぎてもしょうがないと思った。私はアッシュに腕を絡めた。

「ええ。だって私のいい人ですもの。ご存知でしょう？」

フルニエール男爵は意味深に微笑み、帽子を軽く上げ去っていく。

私もアッシュにエスコートされ、馬車に乗り込んだ。

その後アパルトメントに帰ると、ちょうど鉢植えの手入れをしていたお婆さんに捕まった。少しだけ立ち話を頑張った後、焼き菓子をいただいてお礼を言って部屋に戻る。焼き菓子の乗ったお皿を抱えて、私は無言のアッシュを振り返った。

「ええと、こういう時はお皿洗って返すのよね？　お返しはどうすればいいかしら」

アッシュは厳しい顔をして私を見下ろしていた。思い当たる節《ふし》がなくて戸惑う。

「あ……も、もしかして立ち話で余計なこと言ったかしら？　なにがおかしかった？」

「ばか」

「自分で考えろっていうの？　わかったわ、ええと」

「違う。そのことじゃない」

私の手から皿を引き受けると、アッシュはつかつかと部屋に入ってキッチンに皿を置く。その背中に駆け寄ると、アッシュはこちらに背を向けたまま髪をかき乱した。

「アッシュ……？」

「なぜ、あんなことを言いやがった。フルニエールのおっさんの件だ」

振り返り、アッシュは私に強く訴える。

「あんた、今日の件でこれから危険になるぞ。見ただろう？　貴族がどんな状況に置かれているか」

――アッシュが言っているのは、あの市民活動家や新聞の件だ。

貴族は今怒りの対象になっている。キサラ・アーネストが生きているとすれば、恰好《かっこう》の獲物《えもの》だ。

そう言いたいのだ、アッシュは。

「だからなんだというの」

「なっ……」

「私を守ってくれたあなたの故郷が、同胞の方々に危険が迫るのなら庇うのは当然ではなくて？

私たちは一蓮托生《いちれんたくしょう》なのだから」

「っ……あんたは…………」

「そんなことよりも焼き菓子をいただきましょう、こういう時って、お礼は早く言ったほうがいいんでしょう？」

続きは言わせたくなくて、私は焼き菓子をアッシュの口に押し付ける。

まだ肩にかけたままのバッグをバッグ掛けに吊るしてソファに座る。

アッシュは不承不承《ふしょうぶしょう》といった様子で焼き菓子を咀嚼しながら私の隣に腰を下ろした。

アッシュに向かって、私はにっこり微笑む。

「私を逃がしてくれたあなたの大切な人たちに危険が及ぶのは嫌よ。暗殺者はヴィルカス人ではないし、私が殺したってことにする。そして彼らに逃げて貰う。そうすれば、あなたの同胞には被害は及ばない。そうでしょう？」

ヴィルカス人に対する醜聞は覆《くつがえ》り、またアッシュも殺されたと判断されるだろう。

一番穏便にすむ流れだ。

けれどアッシュは納得しない様子だった。

「だがあんたがヴィルカス人から恨みを買う。今まで以上に」

「キサラ・アーネストはもうすでにゴシップのおもちゃよ。醜聞や恨みの一つや二つ、増えたって大して変わらない。それに私もアーネスト公爵家の人間として、ヴィルカス人の皆さんへの贖罪《しょくざい》のために、行動しなければ落ち着かないわ」

「死ぬぞ！」

「死なせないでしょう？　クレスタ州議長のご子息様？」

私の言葉に、アッシュが息を呑む。

「知らなかったわ。あなたが偉い人の息子さんだなんて」

アッシュは銀の睫毛を伏せ、私から目を逸らす。

「……暗殺者におちぶれた身で、家のことなど語れるか」

「でもあなたは話してくれた。私を助けるために」

目を逸らしたままのアッシュの形の良い唇がぐっと歪む。

「いい人ね？　あなた。悪人になりきれない」

私は微笑んだ。

「いずれあなたが私の汚名を雪《すす》いでちょうだい。……その怒りで、私を助けて」

「……くそが」

吐き捨てるように口にすると、アッシュは深くため息をついた。

彼は誇り高い人だ。

私が州議長令息であることをあげつらってしまえば、私を庇うしかなくなる。

――私ってば、ずるい悪女ね。

でも、私もきちんといま、けじめをつけたい。

ずっと、話題に出すことすら躊躇われていたけれど、言うなら今だろう。

「アッシュ・ユーリフェリス・クレスタ様」

私は背筋を伸ばし、アッシュを正面から見上げた。

「……遅くなったけれど……。あなたの集落の皆さま、お父様とお兄様に、キサラ・アーネスト公爵息女として追悼と謝罪の意を申し上げます」

深く頭を下げる。

「私はアーネスト公爵息女としての責任を取り、できる限りあなたの集落そしてあなたへの贖罪をすると誓います」

彼はたっぷり黙った後、呻くように言った。

「……頭を上げてくれよ。あんたの謝罪は欲しくない」

顔をあげた私に、彼は続けた。

「あんたを『恨む相手』にしたくないんだ」

アッシュの拳に力が入っている。アッシュは込み上げるものを耐えている顔をしていた。

「……あんなボロボロになって飼い殺されていた女に、恨みをぶつけるほど、落ちぶれたくはない」

「アッシュ」

「それに俺だって、あんたに黙ってることがある。……例えば、俺が手続きをしてるって件だけど」

「ええ」

「次期州議長になる手続きとは、一言も言ってない」

「…………え」

アッシュは目を眇めて意地悪な顔をする。

「親父と兄貴が死んだこと、クレスタ州の州議長の次男ってのは本当だ。でも叔父《おじ》に任せてきた」

「……うそ」

「州議長の地位は嫡子相続が慣例だ。でも俺は次男で嫡男としての教育は一切受けてない。叔父は既に政治家としての職務経歴も長いし、人望もある。叔父が継ぐのが妥当だ。だから俺がしたのは相続を放棄する手続きだ」

　あっけに取られる私に、アッシュはにやっと笑った。

「あんたがヴィルカス人のために人生賭けたんだから、俺だってハッタリくらい張るさ」

　アッシュは真面目な顔になり、姿勢を整えて私に深く頭を下げた。

「キサラ・アーネスト公爵令嬢。……ヴィルカス連邦の民として感謝する。同胞に対する恩、必ず忘れない。……あんたが無事に安心して生きられるように、俺も力を尽くす。この言葉に嘘はない」

「ありがとう。久しぶりに名前で呼んでくれたわね」

「そうか？」

「ええ。……嬉しい。忘れないわ」

　私は微笑んで、アッシュと強く握手を交わした。


　男爵は独自ルートを利用して、ヴィルカス人暗殺者を利用したことのある貴族家の情報をいくつか入手し、彼らにヴィルカス人暗殺者の件を公にしないよう交渉してくれた。

これ以上のスキャンダルが恐ろしい彼らは素直に応じてくれたようだ。

そして王宮の離宮で行われる夜会の夜、ヴィルカス人暗殺者を国外に逃す計画を立てた。

アッシュの同胞であるヴィルカス人たちは、とある王都近郊の教会に潜伏していた。教会は定期的に神官が入れ替わるので、若い男性が複数人で潜伏するには絶好の場所らしい。

ただし彼らの動向を監視する目を全て排除できたわけではない。逃亡が知られて、口封じされる可能性は十二分にある。作戦は少しでも安全な日を選ぶ必要があった。

「三日後。注目が離宮に集まる夜、教会に潜伏するヴィルカス人が逃げるにはこの日しかない。タイミングを見計らってアッシュ君が潜入し、彼らを逃してきて欲しい」

計画について一通り話を聞いたところで、私はフルニエール男爵を見た。

「待って。アッシュ一人で実行するの？」

「馬車の手配や最低限の手回しはできる限りやるが、あまり大人数では目立ちすぎる」

私はアッシュを見た。アッシュは当然だ、と言わんばかりの態度だった。

「俺にできねえって言いたいのか？」

「そういうわけでは、ないけれど」

急に私は不安になった。根回しはしていると言うものの。

「たとえばよ。ヴィルカス人が集まって逃げ出そうとしているのを、事情を知らない一般人に見つかってしまえばどうなる？」

「どうなるって、終わりだろうな」

「アッシュ！」

「危ない橋はいくらでも渡ってきたんだ。やるしかねえ」

アッシュはフルニエール男爵を睨むように目を合わせる。

男爵は微笑んだ。

「ねえアッシュ。私も何かできないかしら。ついていったほうがいいなら」

「足手纏いだ」

アッシュはあっさりと切り捨てる。

「いくら変装しようが、今のあんたは危険すぎる」

「そう、よね……」

話し合いが終わって早速、アッシュはヴィルカス人に連絡を取るためアパルトメントを出た。男爵に約束を違《たが》えられないよう、別ルートでも話を伝えておいた方が無難だと判断したからだ。

アッシュの同胞たちは、とある教会の宿舎に潜伏しているらしい。

神官見習いは国内のあちこちの教会を移動して修行するので、見慣れない男性が何人もいてもあまり目立たないのだという。アッシュが度々顔を出していた例のギルドで暗号をやりとりし、教会で落ち合って連絡に成功した。

彼らの身柄を引き取り、安全な場所に逃した末に——先日の私の話を暴露し、アーネスト公爵家の悪評を広める手筈《てはず》だ。

夜。アパルトメントにアッシュが帰宅した。

「お帰りなさい」

宵闇のような黒い神官服を纏ったアッシュは、玄関を閉めるなり金髪から銀髪へと戻す。いつみても自然な魔術だ。纏った緊張感にどきっとして、私は誤魔化すように明るい調子で話す。

「アッシュ、神官様の格好、似合うわね」

長衣を纏うアッシュは神秘的だ。同時にどこか、彼が別の人になったようで心細いような、不安な気持ちになる。厳しい顔をしているからかもしれない。

「ねえ、神官様に懺悔《ざんげ》してもいいかしら？　私の人生とか」

「だめだろ。異宗派だよ、俺は」

居間へと向かうアッシュの背中を、私は追いかけながら話を続けた。

「あのね、今夜は大家さんがシチューをお裾分けしてくれたわ？　いただくでしょう？」

「いつの間に仲良くなってんだ」

「普通の女の子っぽいでしょ？　あと、お裁縫も習っているわ」

「……気を抜きすぎんなよ」

アッシュが着替えている間に、私はテーブルの準備をする。ガラス瓶に花を活け、ランプの下に飾る。それだけでもディナーらしくなって、私は満足した。

アッシュが戻ってくる。私は笑顔で振り返る。

普段着に着替えたアッシュは真面目な顔をして、私をじっと見つめていた。

「……どうしたの？」

「あんた、妙に空元気《から》だな」

「そんなことないわよ」

「隠してどうする。帰宅してすぐペラペラと捲《まく》し立てるのは、あんたが不安な時の証拠だ」

「気のせいよ」

誤魔化す私の手首を掴み、アッシュは真面目な顔をして私を見た。

「……大丈夫だってば。離して」

「気になることがあるなら共有しろ。一人で抱え込まれると迷惑だ」

そう言われてしまうと弱い。私は観念して口を開いた。

「……大したことじゃないんだけど……」

「なんだ」

「あなたが暗殺者の顔になるのを見ると、ちょっと辛いだけよ」

「辛い？　なぜ」

「あなたがそんな風にならなければいけなかった理由を……思い出して」

アッシュは暗殺者なんて、本当はならなくて良かった人だった。

集落を焼かれ、宝を奪われ、奪い返すために裏社会へと飛び込み、暗殺者になった――そのきっかけを作ったのは、他ならぬエノック・アーネスト私の父親《わたしのちちおや》だ。

「……余計なお世話だ、あんたはエノック・アーネストじゃねえだろ」

口調は厳しいながらも、アッシュの声は柔らかかった。

「同胞と共に故郷《ヴィルカス》で大人しくしていることだってできた。飛び出したのは自分自身《てめえ》の責任だ。……あんたがそんな顔をする義理も責任もない。余計な同情はかえって不愉快だ。……俺は目的のためなら進んでなんだってやってきた。それこそ、あんたには一生言いたくないようなことも」

自嘲に近いものを感じたのは、気のせいだろうか。

アッシュは続ける。

「だが全て俺の責任だ。俺が念願を果たすためにやってきたことだ。あんたも俺を相棒に選んだのなら、覚悟決めろ。一人で凹《へこ》んでんじゃねえよ」

「……そうね。あなたの覚悟に対して失礼だった」

「難しいことはもう考えるな。あんた、腹が減ってるから落ち込んでるんだよ」

「わ、私はそんな単純じゃないわよ」

「単純だろ、腹空かせて凹んで、たかが一晩離れるだけで怖気付きやがって。いいからそろそろ飯にしようぜ。俺も限界だ」

「もう！　そんなふうに言わなくたっていいじゃない！」

「はっ。怒れる元気があるなら十分さ」

アッシュは私の肩をぽんぽんと叩き、テーブルへと導く。

あえて強い言葉を使って、私の不安をまぜっ返してくれたのだと、スープを飲み始めてようやく気付いた。

お腹が空いてると余計なことを考えてしまう。アッシュの言う通りだ。

「そうね。しっかり食べて、明日に備えましょう」

「ああ」

私はあたたかなスープをしっかりと胃に収めながら思う。

アッシュと同胞の皆さんのために、何ができるのかを考えないと。


――作戦決行の日。

アッシュは朝から一人、暗殺者としての勘を取り戻そうとしている様子で、私は声をかけずに見守っていた。昼から体の動きを確認し、壁に貼った地図や作戦を見つめている。アッシュの表情が、最近の少し穏やかな表情とは違う険しい顔になっていく。

準備をする。そのナイフの仕込みや諸々《もろもろ》で、彼が暗殺者だった事実を思い出す。

そして体に走った、たくさんの傷も改めて見てしまい――私は、慌てて目を逸らした。

「私にできること、何かないかしら?」

「ねえよ」

落ち着かずにそわそわと尋ねる私にアッシュは断言する。

「ええと……そうだわ、天気も良いしお洗濯するわ。あなたの服、どれか」

「あんた前、無茶苦茶な洗い方して縮ませただろ」

「……ええと。じゃあパンでも」

「焼くな。煙出して騒ぎ起こしかけたばっかだろ」

「……じゃ、じゃあ……」

「余計なことすんな、おとなしくしてろ。邪魔だ」

「うう……」

そんな押し問答を何度も続けた末、私はようやく自分にできることを見つけた。部屋にこもってすぐに作業を行い、昼食のとき私はアッシュに作りたてのノートを手渡した。

「これは？」

「私が覚えている限りの、アッシュに役立つかもしれない情報をまとめておいたの」

覚えている限りの貴族の交友関係や、ヴィルカス連邦に対して宥和《ゆうわ》策を打ち出していた貴族家のリストを書いていた。フルニエール広報社での活動の中で情報をアップデートさせた、最新版だ。

「アッシュはすぐに覚えられるでしょう？　どうかしら？　万が一の時に役に立つかも」

一通り目を通した後、アッシュは呆れた様子で私を見た。

「……あんたは黙って待ってりゃいいのに」

「もう、冷たいこと言わないで。余計なお世話だとしても落ち着かないのよ。アッシュだけを危ない目にあわせるのは」

ノートがペチンと、私のおでこを軽く叩く。

ノートをどけたとき、アッシュは少し柔らかい表情になっていた。

「あんたがここまで繋《つな》いでくれたんだ。ここからは俺の仕事だ」

「アッシュ……」

「なに、失敗はしない。あんたは頭空っぽにして寝てろ。終わった後も忙しくなるんだ」

「……わかったわ」

そして時間になり、アッシュはアパルトメントを出ていく。部屋を出て馬車まで見送るとき、私はたまらず手を掴んだ。

迷惑そうに振り返ったアッシュを見上げて、私は言った。

「無事に戻ってきて」

「俺がヘマすると思ってんのか?」

「……思ってないけれど……」

「今までにないくらい気弱になりやがって。どうした」

アッシュは俯《うつむ》いた私の顎に指をかけ、顔を上げさせる。

視線を逸らせなくなって、私は困ったままアッシュを見上げて告げた。

「慣れていないの。自分が死ぬのは平気だけど、……大事な人が死ぬかもしれないのは」

「……大事な人?」

「あなたのことよ」

アッシュは目を見開く。私は訴えた。

「あなたがいなくなるのが、恐ろしいの」

言葉に詰まる。口にしながら、私は己の弱点を実感した。

母を失って以降、私は良くも悪くもひとりぼっちだった。誰にも大事にされない人生は同時に、自分にとって大事な人もいない人生だった。

死に戻り《ループ》の中で私は何度も人生を巡った。それでも、アッシュのような人には巡り会えなかった。

「……初めてなのよ。こんなに仲良く一緒に暮らした人を、失う怖さを経験するのは……」

アッシュは顎から手を離すと、私の頭を撫でる。ざっくり犬を撫でるような手つきだった。

びっくりして、私は顔を上げた。海色の瞳が、細くなって私を見つめていた。

「妹みたいな顔すんなよ。悪女のやる顔じゃねえぞ、それ」

「アッ……ふゅ」

アッシュが私の頬を柔らかくつねる。

「ひゃにふるの」

「ばか。俺だってまだ『女神の右目《いるもん》』を取り返してねえんだよ。それまで死んでたまるか」

アッシュは表を掃除していた大家のお婆さんへと目を向ける。アッシュは私の肩を叩き、お婆さんに向かって言った。

「マダム。今夜は遅くなるから。俺の奥さんをよろしくお願いするよ」

お婆さんは手を拭きながら近づき、笑顔で頷いた。

「ああ、気をつけて行くんだよ」

「じゃあな奥さん、おとなしく家で待ってろよ」

「……いってらっしゃいダーリン」

「ああ」

　わざとらしく私が言うと、アッシュはウインクを残して馬車に乗り込む。

「心配してくれて、ありがとうな」

　私の背中を、大家のお婆さんは細くて優しい手で撫でてくれた。

「何が不安かわからんが、大丈夫さ。……そうだ、せっかくだから一緒にお茶でもしないかい？　孫娘にクッキーを焼いた残りがあるのさ」

　ウインクをして誘われると、私も嬉しくなって頷いた。

「喜んで！　じゃあ私、お茶を淹《い》れるわ。いつもと同じで良いかしら？」

「ああ、頼んだよ」

　それから私はお婆さんと一緒にお茶をして過ごした。

　なかなか終わらないお婆さんの思い出話がありがたくて、結局夕暮れまで一緒に過ごし、そのまま二人で夕食を作って食卓を囲んだ。

　お婆さんは「訳あり」の私たちのことを必要以上に問いただすことはなかった。

　心地の良い距離感で、私たちは溶けるまで具を煮込んだ野菜スープを飲む。

「あんたの旦那さんはすぐ帰ってくるよ。離れて不安なうちは幸福さ」

「そんなものなの？」

「ああ。離れて心細いと思えるのは、それだけ愛してる証拠さ」

「愛……」

私の脳裏《のうり》に、男と抱き合って死ぬ悪女の舞台がパッと浮かび上がる。

あんな鮮烈で情熱的な関係ではない、私たちは。

私たちは——一体、なんなんだろうか。

「愛しているだろう？　旦那を」

「……愛、なのかしら……」

「まあ、好き好んでくっつきあう二人ばかりでもないからねえ」

紅茶を飲みながら難しい顔をした私に、お婆さんはしみじみと言う。

「なに。口紅のように赤く燃える愛だけが愛じゃないさ。……私の若い頃の話、聞いてみるかい？」

「ええぜひ、教えてくださる？」

そんなこんなで談笑しているうちに夜が更《ふ》け。

お婆さんを寝かしたのち、私は足音を殺しながら誰もいない部屋へと戻った。

「ただいま……」

返事はない。明かりをすぐに灯し、私は窓辺に腰掛け、外を見下ろす。

その頃になってようやく初めて、私は生まれて初めてひとりになったのだと実感が湧いてきた。

恐ろしい家族も王太子もいない安堵感と、アッシュのいない心細さ。明るくて優しいお婆さんと離れたからこそ、余計に心細かった。

「……退屈ね」

私は一人呟き、寝室に行く。

万が一のため、アッシュは寝室に塵一つ残していない。綺麗にベッドメイクされたベッドに身を投げ出す。アッシュの残り香一つしなかった。虚しくて立ち上がり、私は居間へと戻る。

「……あなたがいない夜は、つまらないわね」

居間に戻ると、私は手慰みに一冊の雑誌を開いた。

フルニエール男爵から貰っていた、あの悪女の舞台のパンフレットだ。パンフレットの中には、エイゼリアから訪れた劇団の皆さんのインタビューなどが乗っている。

パンフレットには悪女役だった女性のインタビューと一緒に、悪女の暗殺者役だった男性のインタビューも書かれていた。

「この人は……」

役者名『オリバー』。クラーラ公爵令嬢と噂があった人だ。

クラーラ公爵令嬢は今は王太子の婚約者。きっと酷い目にあっているだろうと思うと、胸が痛む。

お婆さんから聞いた、若い頃のロマンティックな数々の恋の話を思い出す。ああいうときめきを共有した仲なのだろうか、クラーラと彼は。

すぐに王太子の顔がチラついて、目の前の新聞を引き破りたくなる。

「うう……もう！　私だけじゃなく、あの子もきっと酷い目に遭わされているに違いないわ……」

虐待されていた頃は「仕方ない」と半ば諦めて耐えていたあの王太子の所業。自由になって、客観的に過去を思い出せるようになった身からすると、腹が立って仕方ない。死に戻り《ループ》の間に一度くらい、酷い目にあわせておけば良かった。

アッシュと逃げ出して以降王太子の情報は知らない。

あの男のことだから、のうのうと生きていると思う。ならば、クラーラは。

「クラーラとは……話したこともほとんどなかったわね」

彼女は政敵の娘なので、私が話せる機会はなかった。社交界だってろくに出させてもらえてなかった私にとって、易々《やすやす》と会える相手ではなかった。

「……アッシュに、潜入ついでに彼女を攫ってきてなんて……頼めるわけないものね」

彼は彼の信念のために活動している。それに私の一方的な同情で仕事を増やすなんてとんでもない。

私は雑誌を抱きしめ、記憶の中のクラーラを思い出していた。

「どうか……無事でいて。きっといつか、あなたの力になりたいわ……」

アッシュは身体能力が高い。マジツだって使える。クレスタ州の州議長の息子で、なんでも知っていて度胸もある。料理だって美味しい。

私は貴族社会の知識とゴシップくらいしか能がない。最近はようやく少しずつ家事も覚えてきたけれどメイドとして働くには甘すぎる。そもそも、まだ体もようやく傷が癒えて、息切れせずに階段を登れるようになった程度だ。肋だってまだ浮いている。

「……強くならなきゃ」

ないものねだりをする時間も惜しい。だってあの女の人が言うには、私はもう死に戻り《ループ》なんてできないのだから。一発勝負で生きるなら、全てを最善に整えなければ。

アッシュは今頃、一人で危険な作戦を決行している。

私はただひたすら、無事に帰ってきてくれることを祈ろう。

「アッシュ、……無事に帰ってきてね」

それから私は健康でいるためにベッドで早めに就寝した。それくらいしか今の私にはできない。


——一報が届いたのは早朝だった。

フルニエール男爵の従者から連絡を受け、私は馬車に乗り込んで潜伏先へと向かう。息切れして眩暈《めまい》がしそうな距離を走った末、私は波止場にたどり着いた。

早朝の波止場、かもめを蹴散らすように走り、目的の倉庫へと向かう。

積荷が重ねられた埃っぽい倉庫の中で、満身創痍《そうい》の銀髪の男性たちと、彼らの世話をするアッシュの姿が見えた。

「アッシュ‼」

たまらず、彼の名を呼んで走る。アッシュがアクアマリンの双眸《そうぼう》で私をとらえると、しっかりと胸で受け止めてくれた。アッシュの匂いをいっぱいに吸い込む。無事だったのだ。

「良かった……アッシュ……心配したのよ……」

「ばあか、まだ安心する場合じゃねえよ」

宥めたアッシュは、私を離す。

私たちの様子を、銀髪の同胞さんたちは呆然とした顔で見ていた。

彼らは二十代から三十代くらい、アッシュより年上に見えた。みんな疲れ切った様子だけど、大きな怪我《けが》はしていない様子だ。みんな体はアッシュよりずっと男っぽくて髭も濃くて、顔立ちもごつごつとしている——アッシュが暇さえあれば鍛えてた理由、ちょっとわかった気がする。

アッシュは彼らに私を示した。

「彼女がキサラ・アーネストだ」

その瞬間、ざわっとみんな殺気立った。

「貴様が、我々の故郷を燃やした——！」

「『悪女』がなぜ俺たちの前に！」

「待ってくれ、兄さん」

アッシュは腰を浮かした同胞さんたちから私を背に庇い、落ち着いた声で宥める。

「彼女は兄さんたちを助けるために尽力してくれた。それに彼女は『悪女』の噂とは真逆だった。アーネスト公爵家と王太子の元で虐待されていた無力な娘だ」

「虐待？　それでもエノック・アーネストの血を継いでいるのに変わりはない！」

「彼女はエノックがメイドに生ませた娘。母を亡くした後、王太子の被虐趣味の生贄として利用されていただけだ。世間で言う贅沢も何もしていない。……見ればわかるさ」

アッシュは私の腕を引きよせ、袖を捲り上げる。

そこにはごまかせないほど酷い二度と消えない傷跡があった。

「俺が嘘をついていないと、今は一旦信じてほしい。兄さん」

「……わかった」

彼らは不承不承という様子で浮かした腰を落とす。

年上の男性たちに対する口ぶりと、アッシュの一声で彼らが黙ったことから、アッシュの元々の身分が窺い知れるようだった。アッシュが袖を下ろしながら、私の耳元に口を寄せた。

低く囁《ささや》かれた言葉に、私は首を振って返す。そして私も耳打ちした。

「構わないわ。……私に対して強く出られると態度で示して、あなたが私の傀儡《くぐつ》ではないと示したかったのでしょう?」

アッシュは「わかっていたか」と言いたげな一瞥を向けてくる。私が頷いて返すと、彼は再び同胞の人々へと目を向けた。

「兄さんたちの気持ちはもっともだ。ただ安全に王国外へ出るまで、ひとまず恨みは抑えてほしい」

アッシュが私を見る。挨拶を求められていると捉え、私は背筋を伸ばし辞儀をした。

「キサラ・アーネストと申します。皆様方には私の父、我が祖国が甚大なる被害を与えたこと、謹んでお詫び申し上げます。娘としてできる限り、帰国のお手伝いをさせていただくと誓います」

彼らは黙り込んだまま、不承不承ながらも礼を返す。

私に恨みはあっても、『子息』アッシュの言葉に反発する気はないのだろう。

それから私たちは彼らをフルニエール男爵所有の倉庫に送り届けた。

事前に中を居住できるように改造しておいたので、しばらくの滞在には耐えうるはずだ。

朝焼けになる前に、逃げるように私とアッシュは帰宅した。

部屋に入る前、アッシュが言う。

「心配かけたな」

私は振り返って答えた。

「お帰りなさい」


翌日から、同胞の皆さんを貿易船に乗せて逃がす計画が始まった。

フルニエール男爵の事業の一つに海運業がある。

彼の商船に少しずつ同胞の皆さんを乗せ、貿易の中間地点として利用している異国領の島に置いた船員向けの寮に、ほとぼりが冷めるまで暮らして貰う手はずとなっていた。

安全は保証できるのかと尋ねるアッシュに、男爵は答えた。

「商船に乗せている乗組員は国籍も年齢もバラバラ、入れ替わりも激しいし、互いに顔もろくに覚えていない。一人や二人ずつ見ない顔が増えても、そう気に留める奴はおらんよ」

「そういうものなの？　王国の人間の出入りは厳しいというけれど……」

「いちいち乗組員をチェックしていては、物流はダメになる。そこはこれだよ、これ」

ジェスチャーで金貨を示し、フルニエール男爵は笑う。

フルニエール男爵の言う通り、毎日順調に、彼らは船で島へと向かった。

その間、私とアッシュはというと一緒に彼らのこまごまとした身の回りの手伝いをしたり、彼らが逃げた後に大々的に暴露する予定の記事の準備をしたり大忙しとなった。

――心配していた、暗殺の依頼主からの追手《おって》はない。

実父エノック・アーネストは様々な場所で『ヴィルカス人に殺された娘』の話を訴え、勢力を伸ばそうとしているようだ。

今は好きなだけ喚《わめ》いてくれていい。私は、ここに生きているのだから。


彼らを匿《かくま》ってから、私とアッシュは人目の少ない時間帯を狙って倉庫に向かい、生活に必要な物や食事を運んだ。倉庫住まいをさせるのは忍びなかったけれど、目立ちすぎないための苦肉の策だ。

「ありがとうございます、子息」

残された彼らはアッシュに心からの笑顔と感謝を示す。

当然、私には恨みを込めた眼差しが向かってくる。

私は彼らの感情を慮《おもんぱか》り、一度アッシュに「私は来ない方が良いのでは」と相談した。

しかし彼の答えはついてきて欲しいというものだった。

「あんたと実際に接さなければ、あんたが『悪女』じゃないと伝わらねえ。余計な怨恨《えんこん》は晴らしておいたほうが、あんたのためでもあるし、あっちのためでもある」

「アッシュがそう言うのなら、ついて行くけれど……」

そんな会話を経つつ、今日も朝から私たちは倉庫へと向かった。

早速籠に入れて差し出したパンを、彼らは怪訝そうに受け取る。

その中の一人がパンを手に取り、中を割ってじっと見ていた。

「……何か気になることがあるかしら？」

「毒でも入ってやしないか、気になってね」

私はなるほど、と思う。毒の恐ろしさは身をもって知っている。

「貸してちょうだい。あなたがちぎったところを私が食べてみせるわ」

私が躊躇いなく手を出したのが意外だったのか、彼は舌打ちし、黙って口に全部放り込む。私は目を瞬かせる。

「……良いの？」

「別にいいさ。今あんたを疑ったら、子息に申し訳が立たねえ」

「あら、そう。スープはいかがかしら？」

「……飲む。ただし余計なもんが入ってたら、子息と手を組んでいるとはいえ容赦しねえからな」

「当然よ。もし見事に脱出できたら、アッシュが困ったときによろしくね」

私が微笑むと、彼は困ったような複雑そうな顔をする。

やっぱり、キサラ・アーネストに助けられるのは複雑だろう。

嫌われたままでもいい、彼らが安全に王国を出られればそれでいいのだから。いやいやながらでも食べてくれてほっとする。

ある日、私たちのやりとりを見ながらアッシュが言った。

「兄さんたちと上手くやるようになったな」

「そうは思ってないわ。いずれまた、恨みを思い出して苦しくなることもあると思うから」

「恨まれてた方が楽なのか？」

「そういうわけでもないけどね。……好かれるのに、慣れていないからかも」

私は肩をすくめた。アッシュはなんとも言えない顔で、私を見つめていた。


順調に二人、また二人と同胞さんたちの数は減っていく。そして潜伏から一週間。

今日はついに最後の二人、グレアムとマルコスのペアだけが残った。

他の人たちは打ち解ける前に離れてしまったので、名前は知らない。

けれど今回助けた中でも年長者らしい三十代の二人は名前を教えてくれた。

そんな二人に、最後の昼食を運んだときのことだ。

彼らはアッシュがちょうど見張りに出ているタイミングで、私に話しかけてきた。

「随分と明るくなったな、子息は」

「え……」

「キサラ嬢。あんたは知らないだろうが……王国に来てからの子息は、常に険しい顔をしていた」

「ああ、俺たちの知る令息とは別人のようだった。だが……最近は少し昔の姿を取り戻したようだ」

鹿にやられた額の傷が目立つ男性、グレアムは、やるせなさを滲ませた目を遠くして話を続ける。

「俺とマルコスは子息とまったく同じ集落——クレスタ州ローインズ集落のものなんだが……背負うものがある長と嫡子様とは違い、子息はいつも明るくて快活なのびのびとした方だった」

隣で髪を複雑に編み込んだ髭の薄い男性、マルコスが頷く。

「ああ。亡きご母堂譲りの明るさに、祖父譲りの狩猟の腕も見事で……その場にいるだけで明るくなるような、清々しい人だった」

「そんな子息がまさか、暗殺者に名乗り出るなんてな……」

私は思わず目を瞬かせる。

「アッシュは……お母様を亡くしていらっしゃるの？」

「ああ。一番末の双子のきょうだいを生んだすぐ後に、流行病《はやりやまい》でな」

私は言葉を失う。幼い頃の母との死別。アッシュと私の数少ない共通点だった。

「だから子息は家族にとって母親代わりでもあったんだ。顔立ちもほら、あんな風に柔和で優しい人だから、きょうだいたちもべったりでな……」

彼らの語るアッシュは、暗殺者としてではない――私の前で普段見せてくれている、いつものアッシュによく通じるものだった。

私は彼らから聞かされる、優しい思い出話に有り難く耳を傾けた。

「……目に浮かぶようだわ。私も、アッシュにたくさん助けられてきたもの」

「妹君のようにみえたのだろうな。ちょうどキサラ嬢と同じくらいだろう」

アッシュのことを語る二人は誇らしそうだ。

マルコスが、私をしげしげと見つめて言う。

「しかしまさか、アーネスト公爵令嬢まで仲間につけるとは思わなかったよ」

苦笑いした彼らは、ふっと思い出したように表情を暗くする。

「本来はこんなことが似合わないひとなのに……州議長やご嫡男の分まで、子息は俺たちを守ろうとして……」

「年上で『兄さん』なんて呼ばれても、これじゃあな……」

グレアムが背筋を伸ばし、私をまっすぐ見つめて言った。

「キサラ・アーネスト。子息様はほとんどの仕事をお一人で遂行されていた。俺たちが故郷に帰った時、穢《けが》れのない手で家族を再び抱きしめられるように、と」

「……そうなのね……」

「覚えていてほしい。あの人は、俺たちにとってかけがえのない人だということを」

私は二人の眼差しを受け止め、ゆっくりと頷いた。

「アッシュのことは大切にします。そして我がアーネスト公爵家の罪は忘れません。今の私にできることは少ないけれど、まずは初めに、皆さんを安全な場所に逃がすことに尽力するわ」

その時、マルコスがじっと私を見つめた。

「子息の話ばかりをするが、キサラ・アーネスト。君は……」

「私……？」

「君こそ帰る場所のない、『悪女』だろう。これからどうするつもりなのか」

私は虚を突かれた思いがした。自分のこれから。

「それは……」

その時。近づいてくる足音に、私たちはぴたりと話を止めた。

アッシュが見回りから戻ってくる。

私たちは目配せをし合ってパッと離れ、今の話がなかったかのように振る舞った。


――夕暮れになり、アパルトメントに帰りながら、先をゆくアッシュが私に話しかけてきた。

「兄さんらとよく話すようになったな」

「ええ。やっぱり話をしないとお兄さま方を知ることはできないから」

「余計な刺激はするなよ。……兄さんたちは表面上は落ち着いていても、イムリシア王国の貴族に対する恨みは当然簡単には折り合いがつかないものだからな」

「ええ。節度を忘れないようにするわ」

案じるようなその言葉を、私は夕陽に照らされるつま先を見ながら聞いていた。

「アッシュ」

「ん？」

「あなた、みんなに大事にされていたのね」

「親父たちの代わりだ。当然だ」

「そうじゃなくて……『あなた』として愛されているとも感じたわ」

「……」

「私が感じただけよ。気にしないで」

私は先をゆくアッシュの背中を見つめながら歩いた。

きっと私の知らないところでもアッシュは優しい人なのだろう。

アッシュは自分自身を穢れている――と言った。

私に言いたくないようなことも、やってきたと。

アッシュが立ち止まり、私を振り返る。

「何か聞いたのか？」

「……少し」

「そうか」

私は夕日を背に受けるアッシュを見つめる。逆光でもアッシュの顔は綺麗で、画家なら絵に残したいと思うだろう。

「あなた、綺麗ね」

「は？」

「綺麗よ。うん、絶対綺麗」

「何を言ってるんだ……」

「言いたかっただけよ」

アッシュが怪訝な顔をするので、私は首を横に振る。

「あなたは綺麗だわ」

口に出さなければと思った。見た目だけじゃなく――在り方、全てが綺麗だと、私が思っていることを。

私はそのままアッシュの隣に行き、空いた左手を握った。

アッシュ自身が「穢れている」と言う、その手を。

目を見開いたアッシュの顔を見て、私は歯を見せて笑う。

「恋人なんだから。一緒に歩いていて、手の一つも握らないのは不自然だわ」

アッシュは握り返してはくれなかった。

けれど、振り払うこともなく私の好きなように手を繋がせてくれた。

「早く帰ろうぜ。あの婆さんにまた根掘り葉掘り、何してんだと聞かれるのは面倒だろ」

「ええ、そうね」

夕日に照らされた、アッシュの綺麗な横顔を見上げる。

いつか必ず、同胞の皆さんのためにも、アッシュのためにも。

――私は、キサラ・アーネストとしてどう生きるか、しっかり考えなくちゃ。


幸運にも穏やかな海の日が続き、ついにマルコスとグレアムの出立の日が訪れた。

夕暮れの乗船前、二人はアッシュに「一緒に来ないか」と提案して来た。

マルコスが訴えた。

「子息も危険です。いつ自壊するか知れない王国に残らず……どうか我々と一緒に来てください」

「子息が希望するのであればキサラ嬢も一緒に。危険なのは彼女も同じです」

私は驚いた。

アッシュが逃げるように勧められるのは当然だ。けれど私まで心配されるなんて。

二人の提案に、アッシュは迷いなく首を横に振った。

「俺は目的を達成しない限り、故郷に顔向けはできない。……皆によろしく頼む」

二人は名残《なごり》惜しそうだったが、最終的に周りの目を気にして、頭を下げた。

「……何かあれば、必ず力になります」

「キサラは行ってもいいんだぜ？」

「何を言うの。私はアッシュを置いていけるわけがないわ」

アッシュにそう返すと、私は一歩歩み出て、マルコスとグレアムに深く辞儀をした。

「皆様の大切な州議長子息のアッシュ様を、私はお守りいたします。……最後の日まで、私を信じてくださってありがとうございました」

「キサラ嬢も元気で」

「……また会おう、いつか」

「では」

二人は力強く言い残すと、迷わずまっすぐ、タラップを登って去っていった。

しばらくして――彼らの乗った船が出航し、遠く去っていく。

私はアッシュと一緒に倉庫街の物陰から見守った。

全てが片付いた私たちを労《ねぎら》うように、強い海風が吹き抜けていく。

「終わったわね」

「……あんたこそ、一緒に行っても良かったんだぞ」

「私が？」

意外な言葉に、私は目を瞬かせる。アッシュは至極真面目な顔をしていた。

「この国にはあんたの居場所はない。兄さんらもどこかへ逃亡するまでは俺の顔を立ててあんたを守っただろうに、逃げるのが得策だったんじゃねえのか」

「……あなたもお兄さま方も、お優しいのね」

私は首を横に振った。

「甘えるわけにはいかないわ。お兄さま方も、私が長く一緒にいたら仇の娘だと思い出して苦しくなる日が来ると思うの。彼らの新しい暮らしに水を差したくないの」

「逃げられるチャンスをふいにして。お人よしだな、あんたは」

「あなたの求める『女神の右目』をちゃんと見つけるまで、私はアッシュと一緒に、王国《ここ》にいるんだから。邪魔だと思われても、側にいるわ」

「……そうか」

アッシュは倉庫街の外へと歩を進める。彼についていくように私もそこから立ち去った。

――同胞の皆さんが、無事に逃げられることを願いながら。


夕日のまぶしい倉庫街を抜けると、港では浮かれた人々の大騒ぎが起きていた。

船が出航する前には見なかったお祭り騒ぎだ。

「どういうこと?」

昼間から海で働く人々が、波止場近くの広場に樽《たる》をテーブルにして立ち飲みして、浮かれ騒ぐ人たちが溢れていた。あっけに取られるアッシュ。私があたりを見回すと、近くの酔っぱらいのおじさんと目が合った。

「この祭りは何?」

おじさんは浮かれた調子で返してくれる。

「ああ。大型商船が来たときに開催される祭りだよ」

「なるほど……」

そのとき、私たちを見た酔っぱらいのおじさんたちが連れ立ってやってくる。お酒くさい。

「ひゅう、お二人さん！　カップルかい！」

「なっ……」

「ほら、今からダンスが始まるよ！　踊ってきな！」

彼らは私たちを引っ張って、ダンス会場まで連れて行く。

ダンス会場ではお酒が入ってご機嫌になった若い男女が、楽団の即興演奏に合わせて思い思いに踊っていた。

「ここで変に目立つのもアレだが……」

アッシュが私を見やる。私もなんだか、肩の荷が降りた心地で浮かれていた。

「誘われて無理に断る方が、逆に目立つわよ」

「そうだな」

私たちはダンス会場に入る。人が多いので、私たちはすっかり人混みに紛れられる。喧騒の中、私は背伸びしてアッシュに耳打ちした。

「私、実は社交界デビューしていないの」

アッシュが驚いた顔をする。

「うそだろ。貴族令嬢なのに？」

「ええ。だって王太子殿下《こんやくしゃ》が許してくれなかったんだもの」

両親の社交の付き合いに同席することはあっても、キサラ・アーネスト公爵令嬢として夜会やお茶会に参加した経験は一度もない。誘われたことがあっても、王太子に全て邪魔をされていたし、ダンスなんてもってのほかだ。

「じゃあこれがデビュタントボールってわけか」

「よくご存知ね」

アッシュは目を眇めて得意げに笑う。

「舐めんな。そっちの文化くらい、多少知ってるよ」

アッシュは私をエスコートするように肘を出す。

私は笑顔で、その腕に手を添えた。

「じゃあ博識のパートナーさん、あなたは踊れるの？」

「あんたがわかるような踊りはできないよ。あんたは？」

「私も無理！」

「なんだよ、俺らどうしようもねえな」

「ふふふ、どうしましょう」

おかしくなってきて額を寄せ合って、二人で笑う。周りの人たちが、初々《ういうい》しい私たちにこうしたらいいのよ、と言わんばかりにダンスを見せてくれる。

「足を踏んだらごめんなさいね？」

「あんたに踏まれるほどボケてねえよ」

「もう、言ったわね？」

そこから二人で手を取り、音楽に合わせて見よう見まねで踊りはじめた。

陽気で情熱的なラブソングが歌われて、重低音が鳴り響き、足元からはダンスの地響きが心地よく響く。私たちは手を繋ぎ、体を寄せ、全てを忘れて場の興奮に身を委ねた。二、三曲目の間奏あたりで、私はアッシュに尋ねる。

「ねえ、私たちって恋人同士に見えるかしら」

「何言ってんだ」

アッシュはしかめ面で返す。私は笑った。

「見えたら面白いと思ったのだけど、まあ良くて兄妹かしら？」

「ばかいえ、俺の妹はもっと淑《しと》やかだ」

「まあ！　公爵令嬢《わたし》相手によく言うわね！」

私は笑いながら、アッシュの首に腕を回す。周りが微笑ましそうに見ている気配がした。背伸びして近くなった耳元のピアスが光る。その輝きをうっとり見つめながら、私はアッシュに言った。

「悪女と暗殺者で一仕事終えて楽しく踊るなんて、……まるで本物の戯曲みたい」

あの舞台を思い出す。悪女が刺されて終わるエンドを。

私の背を支えるアッシュの手は、私にナイフを刺さない。

「これ、うかうかしてると転ぶぞ」

「本当だわ！　しっかりリードお願いね、お兄様」

「慣れねえもんだから、海にぶん投げちまっても許せよ」

「もう、ひどい！」

私たちは冗談を言い合いながら踊り続けた。

ひとしきり踊ってクタクタになったところで、その辺の祭り用の急拵《ごしら》えのベンチに腰を下ろす。

空は夕暮れになり、紫色の空に花火が咲いていた。

「綺麗ね」

「初めて見るのか？」

「……ええ」

花火なんて、窮屈な式典の後にぐったりとしながら遠くの空に眺めるものだった。夜空にスタンプが押されるだけの、無感動なもの――そんな印象だった花火のことは忘れようと思った。今ここで見ている花火を、キサラ・アーネストの最初の花火の記憶にする。そう決めた。

私はアッシュの手に触れ、大きな手をぎゅっと握りしめた。

美しい景色、ベタつくけれど心地よい海風。祭りの喧騒。アッシュの体温。

私は記憶に刻むように、固く瞳を閉じて噛み締めた。

「……最高の一日だわ。私、一生忘れない」

そっと顔を見やると、アッシュは険しい顔をして、花火を見つめていた。

「……アッシュ？」

「ああ、悪い。……ぼーっとしてた」

アッシュは誤魔化すように笑う。

しかし私には、その顔が何か思い詰めた顔に見えていた。

――彼の表情。その意味を知るのは、当分先の話だった。

第四章　流転の日々

ヴィルカス人の同胞の皆さんを逃がして数週間。
結論から言うと――父、アーネスト公爵のヴィルカス連邦侵攻作戦は潰《つい》えた。同胞の皆さんを逃がしたのち、センセーショナルな「悪女キサラ・アーネスト」の記事が広まり、生きていることを宣言したからだ。

『私は生きています。王太子に婚約破棄され、用済みになった私を殺そうとしたのはアーネスト公爵家です。ヴィルカス人に殺されたと言うのも侵攻の口実です。さあ、悪女の私が皆様に、貴族社会の真実を暴露して差し上げましょう――』

――私は稀代《きだい》の悪女になった。
少しずつ練習していたタイプライター技術も役に立ち、私はフルニエール男爵を通じて私小説の連載も始めた。毎週原稿用紙五枚程度、内容は『貴族社会の腐敗』。
反響はなかなかのものらしく、大抵は「お前がいうな」という感じの私に対する罵倒《ばとう》だという。ほんの少しの「暴露してくれてありがとう」という旨《むね》の感謝も届いているらしいけれど、吹けば飛ぶほどの数だ。

罵倒だとしても、反響は反響だ。

私は文面だといくらでも悪女ぶれるのだと気づいた。

アーネスト公爵家時代に閉じ込められていた家でさまざまな本を読み、演劇を死に戻り《ループ》のたびに何度も見ていたから、私小説のネタと知識だけはあるのだ。

フルニエール男爵いわく、父はあの手この手を使って私を探し回っているのだという。

フルニエール男爵は莫大な富を得て、金の卵を産む雌鶏《めんどり》となった私を丁重に匿ってくれた。

私は毎日が楽しかった。私を閉じ込めて支配し続けてきた父が、己の思惑を私に壊されて狼狽《うろた》えている姿を想像するだけで、私はおかしくて仕方なかった。


日々を楽しく過ごすようになってますます気になってきたのは、王太子とクラーラの動向だった。

王族についてはフルニエール男爵の情報網を使っても最新の動向はなかなか降りてこない。少なくとも公開されている範囲では、平穏に王族としての暮らしを続けているようだった。あの王太子が生きているというだけで、胃の奥がちょっとむかむかするのが、自分でもおかしい。

「私も人を恨めるくらいには、気持ちの余裕が出てきたってことね」

一人苦笑いして、窓辺でタイプライターにかけた布を取る。

「さて、今日の仕事を始めましょうか」

内容は『王太子殿下の秘密の生活』について。

王族にまつわる暴露はじわじわと反響を見ながら引き延ばして、長い案件に育てていく予定だ。

タイトルをガシャガシャと入力した後、私は顎に手を当て思考する。

「そうね……王太子殿下の外面《そとづら》の良さとポジティブな話を前面に押し出した構成にして、最後に彼の仄暗《ほのぐら》い情報を……もちろん、内部事情を知っている人にしかわからないネタも盛り込みながら……」

王太子に遠隔で復讐するのは楽しい。金の雌鶏としてフルニエール男爵に守られているから、安心して書けるのがまたありがたい。

ある程度入力したところで、私は手を止めた。

「……クラーラは……今、どうしているのかしら」

クラーラに関しては完全に情報がない。彼女は心細く過ごしているかもしれない。

私は王太子についての記事の中に、そっとクラーラを案じる一文を入れておいた。匂わせておけば、王太子もクラーラに手を出しにくくなる。牽制《けんせい》だ。


すると数日後、フルニエール広報社を通じて私に手紙が届いた。

差出人を秘匿《ひとく》するようなシンプルな封筒の中に収められていたのは、繊細な文字で書かれた、『悪女』キサラ・アーネストに向けた手紙だった。

『あなたが本当にキサラ・アーネスト公爵令嬢であることを、私は信じます。……太陽を受けて光る朝露の真実、私は受け取りました』

手紙に目を通して、私は胸がいっぱいになるのを感じた。

「クラーラだわ……」

「どうした？」

鍛錬を終えたアッシュが、手紙をじっと見つめる私の元へとやってくる。

「見て。太陽を受けて光る朝露――これはイムリシア王国で最も尊い輝く存在、国王陛下の側で輝く金髪の王太子殿下を暗喩《あんゆ》しているわ。王太子を朝露に例《たと》えるのは、古い詩集ではよく使われる表現で……間違いないわ。この教養はクラーラよ」

「今虐待されているかもしれないっていう、例のご令嬢か」

「ええ……」

この手紙を出すだけで、どれだけの苦労があっただろうか。勇気を振り絞ってくれたのだろうか。

私は彼女を思い、ぎゅっと胸が苦しくなる。

「返事を出したら迷惑になるでしょうから……私も連載記事に暗喩を挟んで、手紙が届いたことを伝えるわ。助けられたらいいのだけれど……」

その後、私は連載記事の中で、彼女の無事を願っていることを暗喩で届けた。

また手紙が届くことを祈っていたけれど――案の定、その後彼女からの手紙は途絶えた。

「もっと別の方法があったかしら」

届かない手紙に落ち込む私に、アッシュは肩を叩いて慰めた。

「あんたは今、できることをやっているさ。……耐えるしかない」

「ええ」

私はそれからも、彼女に向けた情報を挟みながら連載を続けた。


昼下がり。私がタイプライターに向かっていると、決まった回数のノックが聞こえ、続いて玄関のドアが開く音がした。アッシュが帰ってきた合図だ。

「お帰りなさい」

「……ああ」

アッシュは帽子をかけて髪を銀髪に戻す。彼は今でも熱心に、ヴィルカス連邦にまつわる情報を自分の足でも集めていた。

「何か新しい情報、手に入った？」

「北の方では少しずつ交易が復活してきたらしい」

「それは良かったわね！」

朗報にもかかわらず、浮かない顔でアッシュは窓を見やった。

「……今は、あっちはどうなっているのかな」

「気になるわよね。せめてあなたが生きていることぐらい伝えられたら……」

思い詰めた顔で、アッシュは遠い目をする。『女神の右目』の情報はなかなか見つからない。

「……少し、外の風吸ってくる」

「ええ」

アッシュは部屋を出ていく。

元々そう口数が多い人ではなかったけれど、彼はますます口を閉ざすようになった。

「……せめて『女神の右目』さえ……見つかったらいいのだけれど」

私はタイプライターに手を置き、ため息をつく。

猫目の美しい宝石なんて、情報がすぐに集まりそうだと思ったけれど。

あれから、自分が覚えている限りの情報は全て当たり、フルニエール男爵の力もかりて、父と関係している様々な宝石商の情報を調べた。それでも『女神の右目』は見つけられなかった。

「焦《あせ》ってもしょうがないわね」

今はとにかく、私ができることをやるしかない。アーネスト公爵家から流出した魔石の行方を一つ一つ探るためにも、私は記憶を掘り起こし、記事を書き続けた。


――それからしばらくして夏の終わりが近づいた頃。

私とアッシュは転居することになった。

市民活動の激化によりフルニエール男爵が私たちを守りきれなくなったということで、彼の使わなくなっていた別荘に住むように言われたのだ。

「さようなら、お婆さん」

すっかり仲良くなっていた大家のお婆さんに、私たちは別れを告げた。

「元気でやるんだよ」

私たちは名残惜しくお婆さんと別れた。

フルニエール男爵が用意してくれた馬車に乗って移動していると、向かいに座ったアッシュが窓の外を見ながら言う。

「仲良くしすぎるな、どこにどういう人間がいるのかわからない」

「わかってるわよ」

私は肩をすくめる。

「あのお婆さんの家の新聞、アルバムに過去の話、娘夫婦と息子夫婦の仕事と顔までは見たわ。亡くなった旦那様は男爵家、あのアパルトメントは彼の屋敷を改装したものみたい。息子夫婦が一応男爵位を継いでいるようだけど……」

私がお婆さんの素性を明かすと、アッシュがお化けでも見たような顔をしている。

「何よ、その顔」

「……あんな仲良さそうな顔をして、あんたは」

「言ったでしょう、悪女なのよ。私は」

仲良くするのは危険だとわかっていたから、私は先手を打って色々と調べていた。

「だがそこまで調べて、逆に怪しまれないか」

「向こうがお喋りなんだもの。私が毎日挨拶したり、ちょっとしたお買い物や頼まれごとを手伝っていたらなんだって教えてくれたわ。もう一人孫が生まれたみたいだ、ってね」

「……」

アッシュが唖然《あぜん》としているのがおかしい。

「若い暇そうな訳ありの娘《わたし》がいるとなれば、大家さんは絶対あれこれと構いたがるものみたい。大丈夫よ、こちらのことは『過去に怖いことがあって話したくない。夫が助けて匿ってくれているの』って泣きながら言ったら、手足の傷を見て色々と勝手に想像してくれたみたい」

私はスカートをちらりとめくって、深い傷跡の残る膝を見せる。世間知らずな令嬢のようでありながら、この傷だらけの体――過去を言いたくないのは虐待していた相手にバレるからだと、想像させるのは簡単だ。

ちらりと私の膝を見て、アッシュは露骨に顔をしかめて目を逸らす。

「見せるな、はしたない」

「一緒に暮らしてる関係なのに、今更何よ」

「俺は他人だろうが。一緒に暮らしてようが、慎み深さまで忘れてんじゃねえよご令嬢。利害の一致で一緒にいるだけなんだから」

「そうね、確かに」

正論で注意されるとぐうの音《ね》も出ない。私は素直にスカートを下ろす。アッシュは窓の外に目を向けたまま、ごほん、と咳払いした。

それから私たちは移動を続け、港町から馬車で三日ほどの距離にある山あいの商業都市、そこから少し山に入ったフルニエール男爵所有の別荘に住むようになった。別荘はボロボロだった。

「あのおっさん、いきなりここに住めなんて適当言いやがって」

荷物を置き、アッシュは部屋のあちこちをチェックしてそこにいない男爵を罵倒した。

別荘は手入れが行き届いておらず、雨漏りはするし埃だらけだし、ひどい有様《ありさま》だった。

「しゃあねえ、修理するか」

「修理できるの？　すごいわ」

「……感謝するのは後にとっといた方がいいぜ、あんたが思う快適な暮らしとは違うだろうからな」

「私も手伝うわ！」

「いい、いいから、あんたはとにかく荷解きと居間の掃除だけ頼んだ」

「わかったわ！」

別荘に入るなり、アッシュは私が片付けている間に最低限の補修を済ませると、翌日から大工道具を片手に毎日どんどん別荘を修繕していった。そちらの方には何も手伝えることがないと思った私は、なんとか自分でできる範囲で料理を作ることにした。キッチンはアッシュが魔石をマジツで整えて、水回りも使いやすくしてくれていた。そのため、私一人でも時間がそこまでかからず料理ができるようになった。

最初はぺたんこになっていたパンも、だんだん膨らむようになった。

アッシュは失敗した食事でも文句を言わず「腹に入れれば同じだろ」と平らげてくれた。質問すれば答えてくれるし、無事に綺麗なパンが焼けるようになると、ほんの少しだけ笑ってくれた。

そうこうしているうちにアッシュはいつの間にか街で人間関係を構築し、狩猟してきた獣を換金して必要な木材や道具を貰ってくるようになった。あまりに手慣れているものだから、すっかり街の宿屋に懇意にされているようだった。

ある日食事をとっているときに、私は尋ねた。

「ねえ、街に降りてみたいの」

「あんたは危ないだろ、やめとけ」

アッシュは私のお願いを却下する。

「でもあなたが何でもしてくれているのに、私だけずっと家にいるのは悪いわ」

「平和ボケしてんじゃねえよ、キサラ・アーネスト」

久しぶりに見せる暗殺者の目で、彼は私に釘を刺す。

「安全なようでも、いつ狙われるかわからない。二度も居住地を襲撃されといてよくいうな」

「……でも、ずっと奥さんが顔を出さないのも、違和感ない？」

「病気で家に閉じこもってるって話にしてんだから、それ以上余計なことすんな」

アッシュの言葉は正論だった。

私はマントルピースに設られた鏡を見る。

そこに映った私は、以前の私よりもずっと健康的で、我ながら昔のキサラ・アーネストと同一人物だとは思えない。だからいけるかと思ったけれど、やはり甘かったようだ。

「……そんな顔すんなよ」

何を思ったのか、アッシュが気まずそうに言う。

私が退屈していると思ったのか、翌日アッシュは包みと、花束を持って帰ってきた。私は驚いた。

「どうしたの、それ⁉」

「これやるよ、少しはこれで街に降りた気分を味わえよ」

渡された小さな包みに入っていたのは、苺と生クリームが挟んである可愛らしいパンだった。美味しそうだ。私は嬉しくなる。

「……私のために買ってきてくれたの？」

「街に降りたいって言われても困るからな。それだけだ」

アッシュはこちらを見ずにさっさと部屋に入りながら言う。

「じゃあこの花束は？」

「……街でつかまったんだよ。で、押し付けられただけだ」

「押し付けられたって……」

「嫁さんにケーキ買って帰るなら花でもついでに渡しな、ってな」

「まあ」

私は嬉しくなった。季節の花がいっぱい束ねられている。

「嬉しいわ。ありがとう」

「……キサラ・アーネストなんだから、んな大袈裟に喜ぶ必要ねえだろ」

「そんなことないわ。私、生まれて初めてだもの。『アーネスト公爵家』への花束ではなくて、私に与えられる花束も、贈り物も」

確かに私はいろんなものを与えられていた。しかしそれは私相手ではなく、私という窓口を通じたアーネスト公爵家への貢物《みつぎもの》だった。

花の一本さえ、手元に残ったものはない。

父から貰ったペンダントも、あれは私を『アーネスト公爵令嬢』として飾るためのものだった。

本当に私が貰ったプレゼントと言えるのは、母の送ってくれた名前くらいだ。

私は瓶に花をいけながら言う。

「話したことあるかしら、私の名前、お母様――本当のお母様がつけてくれたのよ」

「だからキサラ、か。妙に王国の名前らしくない名前だから気になってたんだ」

アッシュは私を眺めながら言う。

「意味は知らないけれどね」

アッシュは黙っていた。私は花を整えてテーブルの上に置く。アッシュが真新しく塗ってくれたテーブルにはまだテーブルクロスはなかったけれど、これだけでパッと華やかになった。

「うん、綺麗ね」

私はアッシュを見た。

「良かったら一緒にケーキ食べましょうよ」

「あんたに買ったんだ、一人で食えよ」

「一緒がいいの。お茶会みたいにしましょう？　ね？」

「……茶を淹れてくれるなら」

「もちろんよ。もう茶葉を入れすぎた紅茶は淹れないから、楽しみにしてて」

私はうきうきで紅茶の準備をする。紅茶の淹れ方もよく知らなかったから、最初はアッシュに呆れられていたのを思い出す。今ではそれなりには、淹れられるようになった。

「さ、どうぞ」

ティーセットは別荘で埃をかぶっていたものだけど、しっかりと磨き上げればなかなかに良い品だった。ティーセットを整え、私はアッシュの前に座る。花とケーキと紅茶、ここまで揃うと本当にお茶会みたいで楽しくなった。

「どう？　美味しいと思うのだけど？」

アッシュは無言で紅茶を飲む。そして「悪くないよ」とだけ答えた。

「良かった」

私は喜ぶ。アッシュは複雑な顔をしながらも、私のお茶会ごっこに付き合ってくれた。

半年を経て、私たちの二人暮らしも当たり前のものになった。

アッシュは当たり前のように私の前に傷だらけの体を晒《さら》すようになったし、私もそれにすっかり慣れてしまった。アッシュは平和な生活の中でも真面目に朝晩鍛錬を続けていて、相変わらず引き締まった鋭い体躯《たいく》を維持している。その姿は、まだ彼が復讐の中途にいることを私に思い出させた。

隙間風が入り込む窓をアッシュはあえて修繕しない。

冬まではここにいないと、アッシュは決めているのだ。

和《なご》やかに過ごしているように見えながら、アッシュは毎日街に降りては、街の人から情報を集め、キサラ・アーネスト捜索の手についても調べてくれている。


ある雨の日、アッシュと私は珍しく二人で日中一緒にいた。

特に何を話すでもなく、二人っきりで過ごす昼下がり。

窓の外を見ていたアッシュが、突然音もなく立ち上がる。暗殺者の顔に戻ったアッシュに、私は手にしていた刺繍《ししゅう》を置いた。

「……誰かがきた。複数だ」

アッシュは腰を撫でる手つきでナイフの位置を確認すると、私を一瞥し視線で「隠れていろ」と命じ、隙のない身のこなしで玄関まで向かう。

私はとりあえず、そこにあった分厚い辞書を手に持ってソファの陰に隠れる。

玄関がノックされる音が聞こえる。

心臓の音がバクバクとする。玄関で、アッシュが誰か男性と話している声が聞こえた。

「キセリア、来てくれ」

アッシュは私を偽名で呼ぶ。私は立ち上がり、肩にストールをかけて恐る恐るくらい玄関へと向かう。玄関に近づくにつれて、雨の音がどんどん大きくなる。

そこには雨に濡れた若い男性二人がいた。

彼らは私を見て、帽子をとって辞儀をする。

「突然驚かせてしまってすみません、奥様。俺たち、いつも街でアッシュさんと懇意にさせていただいているものです。山道が増水で危ない感じだったので、アッシュさんに一応伝えに来ました」

若い男性だった。親しみやすい笑顔だけれど、目が笑っていないように感じる。彼らの襟《えり》にはピンがついている。白地に赤いマークが刻まれているそれが、妙に目につく。

「初めまして。夫がお世話になっております。わざわざありがとうございます」

私は微笑んだ。アッシュが私をここに招いたのは、挨拶をさせた方がいいと判断したのだろう。

私は数秒のうちに色々と考えた末、彼らに近づいてにこりと微笑む。辞儀はしなかった。

「雨に濡れていらっしゃいますね。良かったら雨が上がるまで、奥でお茶でもしませんか?」

奥へと案内する私に、彼らは笑顔で断りを入れる。

「いえ、俺たちも家に戻らないと危ないので」

「ありがとうございます、山道は慣れてるので、すぐに下ります」

「ではお気をつけて」

私は彼らにお礼として、彼らの魔道具のランタンに石を補充してあげた。彼らはお礼を言って去っていった。

玄関が閉まる。静かで暗い空間に、雨の音と私たちの息遣いだけが響いた。

「……いいぜ、喋っても」

アッシュが呟く。

「あれは誰？　……襟元につけているのは？」

「言葉の通りだ。俺が街で懇意にしている商工会の青年部の連中だ。……襟につけているのは、……市民運動の賛同者を示す証《あかし》だ」

ぞくりと背筋が凍る。

「彼らは私を怪しんできたの？」

「念の為――だろうな。この雨の中なら、俺たちが死んでもいくらでも理由づけができる」

雨で冷えただけでない寒さを感じ、私はぎゅっと肩を抱く。

アッシュは私の背を押して、居間へと戻らせる。

私をソファに座らせ、机に置いたティーポットからあたたかなお茶を入れてくれる。

そして私の前に座って話し始めた。

「キサラ・アーネストを探しているというよりも、身元の怪しい新参者を確認しにきた、という感じだな。あんたの行動は見事だったぜ？　病気がちだが無防備で普通の女のふりができていた」

「褒めてくれてありがとう」

あたたかなお茶を体に収めて、深呼吸をして、少し落ち着いてきた。

危険と隣り合わせの人生は慣れていたのに、すっかり驚いてしまった。

「……平和ボケしていたわ、私」

「多少はボケてるくらいでもいいさ。いつも気を張って潰れてもしゃあねえからな」

アッシュにしては珍しい慰め方をしてくれた。

私は微笑んで返した。

「ふふ。……そうね、あなたもいるからね。頼りにしているわ」

「『女神の右目』を見つけるまでは、あんたにどうこうなってもらっては困るからな」

アッシュはそれからもしばらく同じ部屋にいてくれた。

言葉にはしないものの、私を慰めてくれているようで――私は嬉しかった。

幕間　暗殺者の独白

「いってらっしゃい」

大雨一過の翌朝――キサラは街に降りる俺を笑顔で見送った。

雨でどろどろになった山道を慎重に降りながら、俺は一人つぶやく。

「このまま捨てられるって思わねえのかよ、あいつは」

悪女とはとても言えない、キサラ・アーネストの無邪気な信頼には呆れるしかない。

山道を降りた途端《とたん》に視界が開ける。そこは市街地だ。

山の暮らしは隠れ家住まいそのものといった様相だが、街は商業都市らしく賑やかだ。王国の南北の街道を繋ぐ中継地点のこの街は、前に暮らしていた港町と雰囲気が全く違う。行き交う人々の旅の服装も、商店街に並ぶ食材や料理の様子も、街の人々の笑顔まで違うように感じる。

茶髪に変装した俺は、先日やってきた男たちに礼を伝えるため、昼食どきの食堂へと急いだ。

「お、アッシュじゃねえか」

彼らは近い年齢の若者同士で集まっていて、俺を見つけると赤ら顔で片手を上げた。昼間から酒杯を傾けてなんとも楽しそうだ。明け方から午前が最も忙しい彼らにとって、午後からの仕事はほぼ社交だけといった感じだ。

「先日はありがとう」

感謝を伝えながら、干し肉と自家製の果実酒をテーブルに置く。やいのやいのいいながら、彼らは喜んでそれを受け取り、早速飲み交わし始めた。

彼らはすぐに、妻のキセリアについてはやし始めた。

「いやあ、可愛い嫁さんじゃないか」

「もっと外に連れ出してやればいいのに」

「てっきり年上の女かと思っていたが、ありゃ随分年下だな？」

にやにやとキサラについてあれこれと話題に出す彼らに、俺は適当に相槌《あいづち》を打つ。少なくとも虐待された女にも、キサラ・アーネストにも見られていないようだ。

十七歳にも見られていないようだが。

彼らと別れ、そのまま街で買い物と情報収集を済ませる。

俺はまっすぐ家に戻ることにした。寄り道をして、またどこかの連中に詮索されるのも面倒だ。

その時、通りすがりの露店でリボンが売られているのを見かける。

「……」

以前はこういうものを見る時、真っ先に思い出すのは妹だった。

銀髪を綺麗に編み込んで、自分で刺繍したリボンを飾るのが好きだった妹。膝の上で髪を編むようにねだってくる柔らかな重みを思い出すと、胸の奥があたたかくなる。妹が好きなリボンの色は覚えている。

しかし——最近は同時に、黒髪に似合う色も目に留まるようになってしまった。

事情はあるとはいえ、女の髪を切ってしまった罪悪感からだと、俺は己のもやもやとする感情に理屈をつけた。

一人で山道を歩くと余計な感情が頭をよぎる。俺は振り払うように強く歩を進めた。


——キサラは『女神の右目』の情報をほとんど知らない。

正直、今では切り捨てても問題はないはずだ。

もちろんキサラのおかげで助かっていることは大いにある。フルニエール男爵とのコネクションも、余所者にもかかわらずあちこちの街で安全に「若い夫婦」として馴染むことができるのも、キサラの存在あってのことだ。

だがこれ以上つるむのは、俺にとってもキサラにとっても、よくない気がする。

俺だけならば身軽に王都に潜入し、どこぞの貴族や豪商に交渉し、暗殺者としてアーネスト公爵家に忍び込むこともできる。今の社会不安の中では、ヴィルカス人だろうが手が欲しい相手はいくらでもいるだろう。

それなのにまだ、ダラダラとキサラと協力関係とも言い難い奇妙な関係を続けている。

正直なところ——街の男たちが来た時に、俺はキサラを売ることだってできた。

「街で拾った女が、本当は潜伏している貴族かもしれない。調べてくれないか」

なんて言うことだってできた。

もしくは彼らを追い返したのち、そろそろ別れるべきだと話を切り出すこともできた。

今の彼女なら、地方の商人の屋敷程度ならメイドとして潜り込んでも平気なはずだ。

彼女を逃がすところまでが約束だった。『女神の右目』の手がかりも出せない、能天気《のうてんき》な足手纏いを切る損益分岐点的はとっくに超えている。

しかしできなかった。

俺は結局やってきた男たちに、妻としてキサラを紹介した。

キサラは己に与えられた役目を理解し、瞬時に善良で無害な女を演じていた。

そして平和ボケしていたと恐怖を思い出して身を固くする彼女を、励ましすらしてしまった。自分が何を考えているのか、自分自身でもよくわからなかった。

『褒めてくれてありがとう』

微笑む彼女は、すっかり健康で穏やかな様子になった。結局短いままにしている髪も貴族令嬢らしくない。過去のキサラ・アーネストを本当に知る人たちが見ても、彼女がキサラだと思わないだろう。

『……平和ボケしていたわ、私』

『あなたもいるからね。頼りにしているわ』

気を許しきった顔の彼女に、さっさと『女神の右目』について情報を吐けと言うこともできた。

気丈なふりをしていても帰る当てのない女だ、多少脅《おど》せば何か吐くこともあるだろう。

彼女と夫婦ごっこを続けているのは、他の誰でもない俺自身が『平和ボケ』している証拠だった。

ボケるどころか——この日々が続くのも悪くはないと思い始めていることを、否定できない。

「忘れたのか……あの日のことを。あれからの日々を、俺は……」

俺は木を殴る。

視界の端で三つ編みが揺れる。命が続いている限り、自分はやるべきことがある。

それなのにまさか——キサラ・アーネストと生きることに、安らぎを見いだしてしまうなんて。


俺は生まれてすぐに死にかけたらしい。

三日三晩の祈りと看病の甲斐《かい》あって息を吹き返したことで、父に与えられた名は『灰《アッシュ》』。終わりは全ての始まり。焼畑を終え、新芽が生じる前の白んだ希望の大地。ヴィルカス人の男子としては一般的な名前だが、俺はその由来も含め、己の名を誇りに思っていた。

王国にもっとも隣接した集落である故郷が炎に包まれ、長である父と兄に女子供老人を任され逃げ延びて。

——自分が本当に『灰の中の新芽』の役割を与えられるなんて思わなかった。

俺の暮らしていた集落はヴィルカス連邦、クレスタ州の南西に位置するローインズ集落だ。

ヴィルカス連邦はたった百年ほど前に、主要五州が集まり独立した小国だ。クレスタはその主要五州の一角だ。高い山脈に厳しい気候環境、耕作に不向きで支配の旨みがない土地なので、隣接した各国も特に侵攻してくることもない、一見貧しいごく小さな国だった。

ヴィルカス連邦の議員は会期以外は一箇所に集まらず、己の州と集落で過ごす。父も州議長という大層な肩書を持っていたが、それでも年の半分はローインズ集落で過ごしていた。クレスタ州は表向きは、王国との交易と農林業で自給自足に近い営みを続けてきた地域だった――本質的な州の基盤は採掘される強力な魔石と、豊富な魔力を持って生まれる民の魔術の力だ。クレスタ州はヴィルカス連邦の中でも特に魔術師が生まれやすい土地だった。

生まれながらに強い魔術の力を持つ先人たちは、力が争いを呼び、災いを呼ぶとして、魔術の使用を宗教によって律した。一般人は生活魔術以上の魔術は禁忌《タブー》。魔術師の魔術行使さえ厳格に決められていた。当然国外に魔術の存在を知られてはならない。魔術はヴィルカスの秘術であり続けた。

――しかし秘匿し続けた結果、想定外の悲劇が生まれた。

魔石を欲した王国の魔の手がクレスタ州を焼いた。ヴィルカス連邦の民にとって魔石は貴重な宝であったが、同時に魔術の才を持つ自分たちにしか価値のないものだと思い込んでいた。だから魔石の存在は王国に露呈《ろてい》してしまったのだ。

王国がまさか、石炭の代用品として貴重な魔石を略奪するとは思わなかったのだ。


――かくして俺の故郷、ローインズ集落は襲撃される。

王国兵を食い止めるため集落には男たちが残った。州議長たる父と嫡男である兄は逃げるように言われたが、逃げれば士気に関わるとして危険な場に残ることを選んだ。

次男の俺が本来は残るべきだった。兄は俺に最後に告げた。

亡き母に瓜二つの俺を守りたいのは、父の最期の願いなのだ、聞き分けてくれ――と。

結局俺は女性と子供、老人を逃がす役目を任され、別の集落まで避難させることになった。父たちの交渉や必死の防戦により、逃げた集落の民は一人残らず全て無事に避難することができた。

けれど集落は全焼し、男たちの中にも少なくない犠牲が生まれた。

父と兄は、最後に他の男たちを守って死んだという。立派な最期だったと言われても、俺は弟妹たちになんと伝えればいいのか――わからなかった。

幸いにも、焼け出されたローインズ集落の民の生活は、縁故のある他の集落がそれぞれ担《にな》ってくれた。王国兵は想像以上の損害を受け敗走した。これ以上の侵攻はひとまずなさそうだった。

逃げのびた先の集落のあちこちで、ローインズ集落の奮戦を称賛された。

彼らが勇敢だったから、我々は守られたのだと、何も失わない人々が褒《ほ》め称《たた》える。父と兄を英雄と称賛する。俺でさえ生き残りの『灰《アッシュ》』として讃《たた》えられた。吐き気がしそうだった。

弟妹は父が別荘を持っていた、首都近くの保養地に住むようになった。

帰るたびに弟妹と顔を合わせるのが苦しかった。幼くして母を失った下の弟妹たちにとって俺は片親の代わりでもあった。それでも所詮《しょせん》代わりは代わりで、本当の親にはなれはしない。

毎晩、自分が死ぬべきだったと魘され続けた。後悔と罪悪感、そして不甲斐《ふがい》ない自分への苦しみが、王国への怒りと混ざっていく。己はまだ何も果たせていない。

集落の民の転居が落ち着いた頃、俺は一人集落へと戻った。

そして集落の守り神である女神像を確かめた――その右目に埋め込まれた魔石『女神の右目』を借りるために。村の開祖とされる一人の女が己の全魔力を注ぎ込み、命と引き換えに生み出したと言われる奇跡の宝。その特別な力さえあれば、俺は『灰』としての役目をまっとうできる、と。

やはり、王国軍は村の宝を根こそぎ持って行っていた。

女神像の首は落とされ、美しい金の宝玉は抉《えぐ》り取られていた。


――王国に復讐する。そして『女神の右目』を取り返し、発動して全てを元通りにしなければ。


誓った俺は集落の復興と家族を親戚に任せて、王国へ潜入し復讐することを選んだ。

妹には反対された。後ろ髪を引かれる思いだったが、元通りにするためだと未練を振り払った。

復讐すると人に言えば反応は様々だった。「禁忌だ」と縁を切られることもあれば、血気にはやった者たちに激励をされもした。州議長代行を務める叔父は反対しなかった。嫡男としての教育を受けたわけではない俺が集落に残っても、かえって叔父の立場を不安定にし、復興の邪魔になるというのは、俺もわかっていた。

俺は叔父に弟妹を任せ、ヴィルカス連邦を出た。

王国では俺より先に復讐に向かった同胞と落ち合った。

顔見知りの彼らは困惑した。

「子息……まさかあなたが出てくるなんて……」

「俺が全ての穢れを背負う。兄さんたちまで女神の教えを破らなくてもいい」

政治家になるのではなく、復讐の矛となること。

俺が亡き州議長の子息としてできることはそれだけだ。

良くも悪くも、王国の貴族は俺の容姿を気に入った。ヴィルカス人の男は皆王国の男たちより屈強な体躯の者がほとんどだ。ある貴族は下卑《げび》た眼差しで俺を眺め、下品な笑みを浮かべて言った。

「ずいぶん綺麗な顔をして。ヴィルカス人は『獣の民』とも言うが、お前はさながら銀狼のようだ。使いやすい奴がやっときてくれたよ」

嫌な意味で好かれやすいおかげで、幸か不幸か容貌だけでも重宝された。思い出したくないことばかりの日々だった。それでも身内を守れるのならば、俺は耐えられた。それが生き残ってしまった子息としての責務だ。そう、自分に言い聞かせ続けた。

そして、潜伏から一年が経ち——運命の夜が訪れる。

匿名の依頼人から、暗殺者としてアーネスト公爵家に乗り込む依頼が舞い降りた。

アーネスト公爵家に恨みを持つ貴族はごまんといるらしく、どの家が依頼を持ってきてもおかしくない状態だった。前払い金を受け取り、俺は計画した。

宝石庫から『女神の右目』を入手し、その上でアーネスト公爵家の人間を全て殺すことにした。

ようやく復讐ができる。念願が叶う。

穢れた仕事ばかりを続けてきたこの日々も全てが報《むく》われると思った。

しかし——潜入の夜。

屋敷に足を踏み入れた途端、俺は違和感を覚えた。

魔石のピアスがまったくの無反応なのだ。

近くにあれば間違いなく感知するはずの魔石だが、何の反応も感じられない。

「魔石感知を切る魔道具なんて、この国にはないはずだ……おかしい」

予定変更。暗殺は後回しにして尋問することにした。

しかし更に予定が狂った。アーネスト公爵がたまたま夫婦で外出をしていたのだ。

ならば次に狙うは兄だ。そう思い俺はまっすぐ兄の部屋へと向かう。

向かった部屋の扉の向こうで、少女の悲鳴が聞こえる。

その悲鳴に妹のことが頭をよぎり、反射的に俺は扉を開いた。

部屋にいたのは、血まみれでぐったりとした痩せた少女と、彼女を蹴りつける豪華な服を着た男——アーネスト公爵令息だった。少女はもう死んでいるのか気を失っているようだった。

次の瞬間、理屈より感情が先に動いた。

俺は令息の抵抗を奪い、きつく縄で締め上げた。ここまですれば拷問も容易い。

公爵令息を制圧したところでふと、俺は視線に気づく。

死んでいると思ったはずの少女が、目を見開いてこちらを見つめていたのだ。

こぼれ落ちそうなほど大きな緑の瞳が印象的な、痩せた猫のような少女だった。

「銀狼《ヴィルカス》……」

血に濡れた唇が、俺を見てつぶやく。

彼女は何者だろうかと考える。

令息の部屋で暴行されている痩せた娘。おそらく彼の被虐趣味に付き合わされているメイドか、不幸なよその子どもだろうと俺は判断した。

妹と同じくらいの年頃の様子に胸が痛むが、感傷は押し殺す。

今は目の前の男を尋問する方が先だ。

令息は言葉で質問しても答えなかったので、俺は体に尋ねることにした。痛みを最も感じる角度で踏みつける。折れた骨が体に食い込むように。

しかし彼は呆気なく気絶してしまった。俺は失敗したと舌打ちする。想像以上に弱い。

無抵抗の子どもを痛めつける趣味があるくせに、自分はこれだけで気絶するのだから甘えたものだ。

このまま連れ去って尋問するか——そう思いつつ、部屋の中を漁る。

魔石が反応していないのだからないに決まっているが、念のためだ。

その時。小さな声が聞こえた気がした。

振り返ると、先ほどの少女が息絶え絶えに呟いていた。

「兄は何も持っていないと思うわ。兄は父に何も譲られていないボンクラだし」

その言葉に驚いた。

アーネスト公爵の令息を兄と呼ぶのはたった一人しかいない。

――キサラ・アーネスト、だと？　この少女が？

噂のキサラ・アーネストは、男好きで権威を笠に着て好き放題生きている稀代の悪女という話だ。

政治に口を出し、父のヴィルカス連邦侵攻を後押ししたとも言われている。王太子に婚約破棄されたのも、彼女の性格ゆえと囁かれていた。

それがどうだ。目の前に倒れる少女は、がりがりに痩せ細りあざだらけで、血まみれの哀れな姿だ。今に始まった虐待ではこんな姿にはならないだろう。

緑の瞳だけが、ぎらぎらと異様なまでの強さで輝いていた。

まるで射抜かれたように、俺は身動きが出来なくなった。

こちらの注目をひいた彼女は、血で汚れた唇でニィと笑う。

少女相手なのに、迫力に背筋が震えた。

「……そろそろ……衛兵が、来るわ……。あなたが……捕まってしまえば、ヴィルカス侵攻……を……再開するでしょうね？　私のうちを……襲撃した証拠に……あなたは……」

その言葉は途切れ途切れだったが、一理あった。自分が見つかってしまえば、故郷が危ない。

俺の表情を見てとると、彼女は微笑んだ。

「……探し物……日を改めた方がいいわ……私を……連れ出し……欲しいの……」

俺は悩んだ。彼女と兄を殺してしまえば、己を見たものは消える。

腰に差したナイフのありかを探る。

考える時間はない――楽にしてやるなら早いほうがいい。
そう思った瞬間、魔石をつけた耳に誰かの声が響いた気がした。

キンと響くどこか懐かしい、女性の声が。


反射的に動きが取れなくなる。

キサラ・アーネストは必死に訴え続ける。

「あなたが……殺さなくても、……私は、いずれ殺されてしまうの。いろんな人に虐待をされているの。ほら」

震える手でドレスをはだけ、彼女は胸を晒す。

――ぞっとした。

年頃の娘の裸体とは思えない、あざだらけの骨と皮ばかりの体。

頭の中で、妹の柔らかな頬や、背負った時の重たさを思い出す。同じ少女なのに、全く違う。

彼女は言う。自分はキサラ・アーネストだから、力になれると。

無視すれば良かった。無視するべきだった。しかし俺は応じてしまった。

「……連れ出して俺に何の利がある」

圧倒されるままに尋ねると、彼女の瞳がさらに強く輝く。

細い体はボロボロですでに限界を超えているのに。彼女の瞳はどこまでも、生きることを諦めていなかった。

彼女はキサラ・アーネスト。仇の娘のはずなのに。

目の前で散りかけた命の鮮烈さを、絶やしたくないと思ってしまった。

もう、無力に殺されてしまう人の姿を見たくないと思ったのかもしれない。

――俺はこの娘を殺してしまったら、自分も終わってしまう。

――少なくとも、故郷に顔向けできない。

そこから俺は、衝動のまま行動した。

アーネスト公爵家への恨みとキサラ本人への恨みを断ち切るように、俺は彼女の結った黒髪をナイフで貫いた。命の代わりに絶った黒髪を掬い上げ、俺は言った。

「連れ出してやる。代わりに、前払いとしてこれはいただく」


――あの後、俺は逃げて良かったと知る。

匿名の雇用主はどうやら意図的に、アーネスト公爵夫妻が家を空けている日を狙って暗殺日を指定していたらしい。つまりは俺に暗殺を失敗させ、ヴィルカス連邦侵攻の大義名分として使うつもりだったのだ。

俺は命拾いする代わりに、自称『悪女』のキサラ・アーネストも拾うことになった。

まだ『女神の右目』は見つからない。

状況がどんなに変わっても、俺の目的は最初から変わっていない。

『女神の右目』で、全てを元通りにすることだ。

「ねえアッシュ。髪を編ませてくれない？」

朝。日課の鍛錬を終え、身支度を整えていた俺にキサラが話しかけてきた。手には櫛を持って、わくわくとした顔をしてうかがってくる。

「……どうして」

己の口から出た言葉は愛想がない。

それでもキサラは気にしない様子で近づいてきて、俺の解いたままの髪を眺めた。

「私、自分で編んだことがないのよ。だから……練習させてほしくて」

俺は返答に窮した。他人の髪に触れるのは、ヴィルカス人の中では特別な意味を持つ。しかも髪を編むなんて、他人の男女がやることではない。しかしキサラは当然知らない。

——知らないなら、まあいいか。一人で髪も編めない女なんて怪しまれる。

彼女の髪を勝手に切った手前、こちらが触れられるのを嫌がるのもまた、罪悪感がある。

「……いいぜ」

「ありがとう！」

朝の日差しが差し込む涼しげな場所で、キサラは髪に恐る恐る櫛を通す。

「……本当に綺麗。日差しに透かすと、少し虹色っぽくなるのが……不思議ね」

丁寧すぎるほどに櫛を通され、小さな手がゆっくりと確かめるようにしながら髪を編んでいく。

耳の裏や首筋に触れる指先のくすぐったさに、身じろぎしないようにするのが大変だ。

妹の練習台にされていた時を思い出して、なんとか平静を保とうと努めた。

「……毛先の方、時々ちゃんと分けろよ。上の方編んでるうちに絡まるから」

「あ、本当だわ！　へえ……長いと大変なのね」

「もっと強く編んでもいいから。動いてると緩むし」

「わかったわ。綺麗だから、もつれさせないように頑張るわね」

キサラはいつも綺麗だと言う。最初は媚《こ》びているのかと思ったが、無意識に無邪気に言っているのだと気づいてからは、拒絶するのも諦めた。

もともと容姿を褒められるのは苦手だった。母親似の女顔と細い体躯を男として頼りないと言われているような気がしたし、暗殺者になってからは容姿を揶揄《やゆ》されることもあり、一層嫌だった。

キサラに綺麗だと言われるのが嫌ではないことは、認めたくない事実だった。

部屋に設られた鏡越しにキサラを見る。

キサラは随分とまともになった。手足も年相応の肉がついて、顔色もすっかりよくなった。自分が原因ではあるものの、十七の娘として短めの髪も雰囲気によく似合っていると思う。

不健康な頃はただ大きいばかりの目だと思って、なんとも思わなかった顔立ちも、今こうしてみると、随分と最初と印象が違う。

妹と同じくらいの幼い少女だと思っていたが、今では十七歳のご令嬢に見える。痛々しいばかりの傷だらけの姿の時は、むしろ朝まで生きているか心配で、隣で寝息を聞くと安心すらしていた。

――正直、今も妹のように見えるかと、言われると。

真剣なのだろう、無防備に顔を近づけて髪を編む気配に、触れられる指先の一つ一つの動きに、俺は体温が上がるような、むずがゆい思いを感じていた。気づかれないように溜息をつく。

よりによって、キサラ・アーネストに絆《ほだ》されるなんて。

自分はヴィルカス連邦を背負う『灰』だ。

彼女はイムリシア王国の『悪女』。

少なくとも『女神の右目』を見つければ、全ては終わり、こういう日々もなかったことになる。

俺は積み重ねてきたキサラとの日々を終わらせ、村のために、『女神の右目』を使って全てを取り戻すつもりだ。

全てが元に戻った後も、何とかして彼女は必ず助けたい。

(俺は忘れない、キサラ・アーネスト。運命が変わっても、あんたは冷たい家から助けてやる。それくらいはしてやるさ……)

だからこそ――早く時巡りのために宝玉を取り返さなければ。

俺は目を閉じ思考を止めた。髪に触れる細い指を、記憶に少しでも刻めるように。

第五章　真実と離別

フルニエール男爵とのやり取りが途切れがちになったのは、夏の盛りをすぎたあたりだ。

仕事は続いているし別荘は使わせてもらっている。護衛も数人用意してもらっている。それでも、なんとなく縁を薄くしているような気配があった。

「あのおっさん、エイゼリアに逃げるつもりなんじゃねえか」

朝の買い出しで卵と小麦粉といった材料を買ってきたアッシュは、ぼやきながらキッチンのコンロに魔術で火を灯す。

「便利ね」

「便利だろ」

言いながらフライパンを温めつつ卵を割り、慣れた様子でタネを作っていく。

手際よく手を動かしながらアッシュは話を続けた。

「流れ者のおっさんが話していた。フルニエールのおっさんがずっとエイゼリアに家財道具を送っているとさ。あちらさんの貴族の縁で夜逃げするつもりなんじゃねえのかってさ」

その「流れ者のおっさん」なる男性は日雇いで荷運びを手伝っていたらしい。エイゼリアは海峡を隔てた西の島国で、古くからこの国と縁が深い。

「運送業を営んでいるくせに、日雇いを使って準備をしている時点で、怪しい」

「そうよね。普通なら自分のところの従業員で事足りるのにね」

じゅう、とバターがフライパンの上で溶ける。柄を使って丸くバターを伸ばしながら、アッシュはタネを高い位置から流し込む。甘い匂いがキッチンに広がる。

フライパンの様子に気がそぞろになりつつ、私はアッシュに尋ねる。

「でも、広報社の仕事は相変わらず続いているわ。私の連載も続いているし」

「トップが下っ端に黙って消えるのはよくあることじゃねえのか？」

「……確かに……あるかも」

そういうサスペンス小説はいくつも読んだことがある。実際、上層部の真実が下々《しもじも》に知らされないというのは、キサラ・アーネストとしての人生で嫌というほど見てきた。

「キサラも荷物はまとめておいたほうがいい。俺も動向を窺っておく」

「わかったわ。私が気づいたことがあったら知らせるわね。……他に何をすればいい？」

「皿」

「わかったわ。ジャムも用意するわね」

お皿の上に、薄いクレープ状のパンケーキが積み重なっていく。アッシュは薄く焼いて、その時の気分で思い思いのものをくるくると巻いて食べるのが好きだ。ボリュームが欲しい時はベーコンだったりソーセージ。甘いものが欲しいならジャムや果物。たまにはパンケーキに塩をかけて、そのまま食べる時だってある。

私の知る、ふかふかのパンケーキとは違う作り方で、見ているのが楽しい。

「アッシュの料理、私好きよ」

「どうも」

アッシュはそっけないものの、少なくとも私の言葉に顔を顰めることはなくなった。テーブルに向かい合って座り、二人で食事をする。平和な家の中でお腹いっぱい美味しいものを料理していただく生活は、十二分に満たされたものだった。

もし。フルニエール男爵からの連絡が絶たれ、ここを出ていくように言われたら、私たちはどうなるのだろうか。お金はあるけれど、市民活動家の活動が激化してきたこの国で、キサラ・アーネストが潜める居場所が残されているのだろうか。

生きたいと思う。アッシュと一緒に、楽しく過ごしたいと願う。

もし、この生活が終わるとしても、アッシュは幸福になってほしいと思う。

——そうだ。この贅沢で満ち足りた生活も、期間限定の幸福なのだ。

食事を済ませてポストを覗くと、ちょうどフルニエール男爵からの便りがあった。

「噂をすればなんとやらってやつね」


数日後。秋のスリーピースを身に纏ったフルニエール男爵が、相変わらず胡散臭い笑顔を浮かべながら別荘までやってきた。

帽子をあげて私たちに挨拶する。

「元気にしていたかい、キサラ嬢、それにアッシュ君も」

「お久しぶりね。もう忘れてしまわれたかと思っていたわ」

にこやかに握手を交わしながら、フルニエール男爵は私を見つめて言った。

「君に話がある。少し時間をくれないか」

「私に？」

男爵はアッシュに視線を走らせた。

「ああ、君は席を外してくれ。これはキサラ嬢への商談だ」

アッシュが固い顔で私を見る。私は大丈夫、という気持ちを込めて頷いた。

「お茶も用意できなくて悪いわね」

「この山の湧き水は極上のワインに等しい価値がある。何、気にすることはない」

応接間で白湯《さゆ》だけをお出しした私は、フルニエール男爵に切り出した。

「で、お話って？」

「単刀直入に言おう。私の紹介する男に嫁いで欲しい」

「嫁ぐって……」

いきなりの話に、頭をガツンと殴られた錯覚がした。

援助の打ち切りや追い出しの話だと覚悟していたが、予想外の方向性の話だった。

「それは……詳しく聞かせてちょうだい」

「もちろんだ」

フルニエール男爵は頷き、私に説明した。

「貴族が今、この国に残っていたら危険なのは君も知っているだろう」

「……ええ」

「王都では連日大なり小なり市民活動家のデモが続き、貴族の王都屋敷《タウンハウス》が燃やされる被害も起きている。貴族婦人は馬車を使ってでさえ街を出歩くことをやめている」

「……そんなことまで」

私は街で見た市民活動の証を思い出す。この商業都市は大商人が管轄した地方都市だからまだ穏やかだ。王都ではどんな状況なのか、想像するだけで震える。

フルニエール男爵は足を組む。

「ありがたいことに私は元平民の成り上がり。市民活動家らと繋がってきたおかげで、大した被害は受けていない」

「それは何よりだわ」

「だが、これからどうなるかわからない。……君は私より危険だ、あのアーネスト公爵の娘『悪女』キサラ・アーネスト」

私は冷静になるために、ティーカップの水を口にする。

——昔はあんたが悪い噂を流していたくせにと、アッシュなら文句を言うでしょうね。

「で。私にどうして欲しいのかしら」

「おお。そこまで読めたか。さすが『悪女』」

フルニエール男爵は片眉をあげ、膝を叩く。

「話は早い。長年私が親交を深くするエイゼリアの貴族が、我が国の公爵令嬢と結婚したいと言ってきているんだ」

「公爵令嬢……随分とピンポイントね？」

「君にとっても旨みしかない話だろう？　新たな人生を手に入れられるんだ」

「ええ。確かに」

笑顔の裏で――白々しい、と思う。

フルニエール男爵は私のためを思って、という言い方をしているけれど。私の公爵家の血を高く売ろうとしているのだ。

「確かに私にとっては良いお話だわ」

言いながら私は考えた。

国内で最悪の評判の悪女キサラ・アーネストにとって、これ以上ない話だ。彼の気が変わらないうちに首を縦に振るのが正しいとわかっている。

私は、ティーカップに入れた白湯を見下ろした。

水面に、私ひとりの顔が映っている。

「アッシュも一緒に連れて行けるの？」

「『獣の民』を連れて行けるわけがないだろう。考えてもみたまえ」

「……その蔑称でお呼びになるのね」

彼と別れろと言われるのも想定内だった。そうでなければ、アッシュに席を外させない。私はティーカップを置いた。

「少し考えてもよろしくて？」

「もちろん良いよ。ただしいつまで待てるかは約束できない」

そう言い残すとあっさり立ち上がり、彼は別荘を去っていった。

見送りから戻ると、アッシュが応接間でソファに座り、私のティーカップで紅茶を飲んでいた。

「ちょうど器が温まってたから借りたぜ」

「ええ、結構よ」

私はどっと疲れを感じて、アッシュの隣に座って遠慮なくもたれる。

アッシュはされるがまま黙ってくれていた。

「結婚しろって言われたわ。エイゼリアの貴族にですって」

「良かったじゃねえか。幸せになれよ」

私は思わず顔を見た。

「協力できなくなるのよ、私」

「だが、あんたがいつ俺に『女神の右目』の情報を与えた？」

それを言われると弱い。口をつぐむ私に、アッシュは肩をすくめた。

「そろそろ潮時《しおどき》だ。これ以上一緒にいても互いにとってよくない」

「……私はいやよ」

「は？」

アッシュが目を瞬かせる。私は訴えた。

「だって。アッシュの目的を手伝うために近くにいたのに。これで私だけ目的が叶って、アッシュを放り出すなんてできないわ」

アッシュが真顔でこちらを見ている。

「なんだよそっちの意味か」

「え？」

「……こっちの話だ」

アッシュはごほんと咳払いすると、改めて私を睨むように見つめた。

「だからって、あんたにこれ以上何ができる？　フルニエール男爵の庇護なしに、今までと同じ家業は難しいぜ？」

「……」

「自分でわかってるだろ。これ以上はあんたが危険な目に遭うだけだ。そうなると俺も身動きが取りにくい」

「……アッシュは一人で『女神の右目』を取り戻すっていうの？」

「ああ」

「……そう」

アッシュの目的はずっとぶれていない。

私だって、これで終わりにするしかないとわかっている。

ひと足先に逃げて、幸福な結婚をして、悪い死に戻り《ループ》から一上がり。フルニエール男爵の誘いは
――当然喜んで受けるべきなのだ。

エイゼリアに暮らせば、この土地からも逃げられるし、無事に生き延びられる。それでも。

「……気が重いわ」

私は顔を覆った。まだキサラ・アーネストとしてアッシュに十分償えたとは到底思えない。けれど、これ以上は邪魔になってしまうのなら――。

「よしっ」

私は座り直し、顔をぺちんと叩いてアッシュへ向き直った。

「決めたわアッシュ。私は嫁ぐわ。『女神の右目』を見つけた後に」

「何余計なこと考えてんだ」

「あれから考えていたのよ。そんな立派な財宝を、うちの父が手放すわけがないって。必ず父はありかを知っている。父を捕まえて、攫って、尋問すればいいのよ」

「そう簡単に攫えるならとっくにやってるさ」

「今は状況が違うわ。市民活動家を扇動してみんなでやっちゃえば、怖くないわ」

そう。死に戻り《ループ》の中で実家は何度も襲撃されていた。

数の暴力で攻めれば、決して夢物語ではない。

アッシュは呆れたように私を見て言った。

「あんたは怖くないのか、市民活動家が。キサラ・アーネストだとバレたら終わりだぞ」

「怖いわ。でも『女神の右目』を見つけずに、一人だけ逃げて生きる方がもっと怖い。私は一生後悔して生きていくことになる」

「……それは俺の問題で」

「私の問題でもあるわ。『女神の右目』を奪ったのは父親だもの」

言葉を被せるようにいうと、アッシュはしばらくして、ふっと目を逸らし、肩の力を抜いた。

「……負けたよ。ああ、好きにすりゃいい。『女神の右目』が手に入ったらそれでいいんだから」

「ありがとう、アッシュ」

「しかし怖い娘だな、あんたは」

「ふふ。父も多少は思い知ればいいのよ。痛い思いをするのが、どれだけ辛くて怖いのか」

アッシュはハッと顔色を変える。思い出したのだろう、出会った頃の私の姿を。

「よし、決まりね」

私は手をパンと打ち、立ち上がる。

「これから市民活動家の動きを探りましょう。タイミング良く実家が暴動の被害に遭いそうになったら、一緒に乗り込んで父を捕まえるのよ」

「逃げてる可能性は?」

「逃げられないように情報を掴むの。フルニエール男爵も、それくらいは手伝ってくれると思うわ」

私はアッシュに微笑んだ。

「頑張りましょうね。最後にお互い、幸せにこの国から逃げましょう」


私はすぐにフルニエール男爵にエイゼリア行きに同意する手紙を送った。そしてアッシュと一緒にアーネスト公爵家に乗り込む計画を立てた。

王都で頻発している暴動に乗じてアーネスト公爵家に乗り込み、アッシュの求める宝もしくは父アーネスト公爵を見つけ出し、拉致《らち》して逃げる計画だ。

手紙を読んでやってきた男爵に、私はアッシュを同席させた場で交渉を試みた。

「おとなしくエイゼリアに嫁ぐわ。代わりに最後に、アッシュも安全に故郷に戻れるようにして」

「俺のことはいいよ」

「でもあなたも『女神の右目』を手に入れた後、逃げる必要があるでしょう?」

「……それ、は……」

「あなたには生きてほしいの。私に自由をくれたあなたが、無事に遠くで幸せに暮らしていると思えるだけで、私は幸せになれるから」

アッシュは視線を落とす。納得しているようには見えなかった。

「キサラの乗る船に途中まで同乗させてやろう、アッシュ」

フルニエール男爵が白々しい笑顔を向ける。

「君が余計な真似をしないように、動向をある程度監視させて貰うよ。『獣の民』が王国に楯突《たて》くきっかけになってしまっては、誰もが不幸になるからね」

「ちょっと、フルニエール男爵！　失礼じゃない」

私は思わず訴える。男爵は片眉をあげて受け流すと立ち上がった。

「ではアーネスト公爵家襲撃、楽しみにしているよ」

フルニエール男爵は笑って別荘を去っていった。

「……最低」

私は彼の背中を見送りながら呟いた。

隣に立ったアッシュは、鼻白んだ様子で続けた。

「俺の扱いなんて所詮はこうだ。わがままを言ってあのおっさんの機嫌を損ねない方がいい」

「あら。私は最悪、エイゼリアに嫁がなくったって構わないわ」

何を言っているんだ、とばかりにアッシュが片眉をあげる。

「フルニエール男爵が嫁がせたい相手が、安全な人かどうかもわからないもの。こんな不公平な取引に全てを賭けたくはないわ」

「何もないくせに強気だな」

アッシュは笑う。私も笑って返した。

「とにかく『女神の右目』を次の襲撃で探しましょう。それ以外の成果もあれば最高ね」

私はお茶を淹れ直そうと席を立つ。

その時、アッシュが私の手をつかんだ。

「……アッシュ……？」

アッシュは何かを言いかけた顔をして、逡巡して、視線を落とす。

「あんたと出会えて良かった。キサラ。……俺は……」

突然、アッシュが私の頭を力任せにぐしゃぐしゃと撫でる。

「きゃッ……な、なによ⁉」

「はは、本当あんたは……調子狂うよ」

散々髪をかき回されたのち、解放されてキッチンに立ちながら思う。

フルニエール男爵に出しそびれていたリンゴのパイが残っていた。切り分けながら思う。

次の襲撃で見つけられたとしても、見つけられなかったとしても。

アッシュとの関係は、本当に終わりを迎えるんだ。

「それは……寂しいかもね」

アッシュと一緒に過ごすのが当たり前になっていた。

生まれて初めて、私はこんなに親しく一緒に時間を過ごす相手を得た。彼のいない日々は寂しい。

「ううん。決まっていたことだもの。とにかく今は寂しがってる場合じゃないわ」

私は言い聞かせるように呟いて、首を振って迷いを振り払った。

この日々はもうすぐ終わるのだから。おそらくもっとも一番最適解の方向で。

――望みのハッピーエンドは目前なのに、私の気持ちはなぜかまったく晴れなかった。


次の大きな暴動が起こるのは、収穫祭の一ヶ月後と予測された。

それまでに王都に潜伏するということで、私とアッシュは別荘を引き払った。

「本当に、冬まではいられなかったわね」

「なんだよ、いるつもりだったのか？」

「だってせっかく、あなたが補修したのにもったいないじゃない」

「確かにな。あのおっさん、このままどうせまた人に貸すんだろうな」

「修繕代ほしいわよね」

お互い顔を見合わせあったのち、ほんの少しの荷物を抱えて家を出る。結局私は街に降りることなく、この土地を通り過ぎるように去るのだ。

乗合馬車に乗る前に、私は最後に景色を目に焼き付ける。

鮮やかに塗られた建物の色、木枯らしに巻き上げられた枯葉が撫でていく歪《いびつ》な石畳。人々の活気に溢れる市場の様子に、多くの人の襟についた――市民活動家を示すピン。

「……さよなら、またいつか」

別れを告げ、乗合馬車へと乗った。

道中はフルニエール男爵が用意した護衛が、偶然乗り合わせた他人のふりをして同行してくれた。危険な道中に変わりはなかった。けれど、アッシュが隣にいるから不安はなかった。

街から離れ、畑が地平線まで続く景色を飽きるほど眺めた。収穫が終わった畑は寂しいもので、あちこちで落ち穂拾いをする人々の屈《かが》んだ背中が見えた。

――暴動が、本当に起きるとは思えないのどかな景色だ。

「あんたら、どこの人だい？　どこに行くんだい」

馬車の隅で寄り添って座っていた私に、近くに座る男性が声をかけてくる。商人なのか、どことなく身なりのいい人だ。私が返答に迷うあいだに、さっとアッシュが答えてくれる。

「王都だよ。仕事の暇ができたから知り合いに会いに行くんだ」

「気をつけたほうがいいよ、今王都はピリピリしてるからね。貴族の屋敷を打ち壊しに行くって息巻いてる連中だらけさ。……あんたらもそのクチかい？」

「古い知り合いに会いに行くだけさ、嫁さん連れてな」

アッシュが笑って肩を抱くので、私も合わせて微笑んで寄り添う。

和やかに会話を終え、私たちは目配せし合う――王都の現状は、すでに広まっているものらしい。

――峠を越え、平地に入り、南の地平線近くに王都が見え始めた。

冷えてきた風から身を守るように、私たちは二人で一つの毛布を被り、身を寄せ合う。私よりずっと背が高いからかアッシュの体は熱かった。体温にうとうととしていると、林を越える一本道で、アッシュが私に話しかけてきた。

「この調子なら次の宿場町に泊まれば、王都に着く。あんた、体は平気か？」

「ええ、アッシュがあたたかいからね。今夜も晴れるみたいだし、また星空を楽しめるのね」

「呑気なこと言う余裕があるのは何よりだ」

急に馬車が止まる。馬のいななきに驚いていると、突然林の方から棒を持った人々が現れた。

悲鳴が起きる。

「盗賊かしら」

「黙ってろ。……若い女はそれだけで略奪される」

私を毛布に押し込めると、腕の中に収めて身構えるアッシュ。彼らは乗合馬車を取り囲むと私たちに向かって両手を上げ、身分を示すように腕章を引っ張って見せた。

「驚かせてすまない。王都に入る馬車を全て検《あらた》めている。我々は市民活動団体のメンバーだ」

「身分証を見せてください。貴族かどうか確かめさせていただいております」

背筋が凍る。震えそうになる私にアッシュは唇を寄せ「落ち着いてろ」と囁く。

「アッシュ」

「大丈夫だ。うまくやろうぜ」

アッシュの胸に顔を寄せ、私は心臓が跳ねるのを深呼吸で落ち着かせる。馬車の先頭の方から順番に身分証を求められる。ランタンの明かりが、顔と身分証を照らしているようだ。アッシュにしがみついていないと恐ろしくて震えてしまいそうだ。

その時馬車から人が逃げ出す――私に話しかけてくれた男の人だ。

「いたぞ！　ストレリツィ侯爵の息子だ！　捕まえろッ！」

「……ッ‼」

私は息を呑む。逃げ惑う決死の足音と追い立てる音、馬車から少し離れた場所で、誰かが倒される音が聞こえた。

「…………」

何事もなかったかのように、市民活動家たちは馬車へと戻ってくる。

人の好さそうな男性が、汚れた手を服で拭いながら私に笑顔でランタンを向ける。

「さあ、あなたたち。身分証明をお願いします」

「身分証だろ？　ほら」

アッシュが自分の分を懐から出し、そして私の荷物を探って私の身分証も出してくれる。フルニエール男爵の伝《つて》で偽造した身分証では、私を中流商家の娘、アッシュは農家の次男という設定になっていた。

「それでは失礼します……」

ランタンを持った男は、私たちの身分証をじっと見つめる。

一秒、二秒――五秒経過した。長い。彼は真顔で、私たちの顔にランタンを向ける。

「……どうやってお二人は知り合ったのですか？　身分が釣り合わないように感じますが……」

私は顔を見られるのが怖くて目を背ける。そして今更気づく。キサラ・アーネストの顔を知る人は少ない。けれど王都の人ならば、父の顔を知ってる——父に似ていると気付かれたら、終わりだ。

「ちょっと待ってください。人を呼んできます」

判断に迷ったのだろう。彼は私たちを置いて背を向けようとする。

そこでアッシュが彼を呼び止め、襟首を捕まえて耳打ちする。

驚いた顔をした彼が、アッシュの言葉に表情を変える。そして私とアッシュの顔を見比べ——穏やかな顔に戻って、帽子を軽く下げた。

「ご協力感謝します。では」

ようやく馬車が動き始め、旅の最後の宿場町、アーリィへと入る。

無事に宿に到着し、部屋に入ったところで——私はへなへなと座り込んでしまった。アッシュが背中を撫でてくれる。

「よくやったな」

「……あなた、彼になんて言ったの？」

アッシュは先端を銀髪に戻した三つ編みに触れて答える。

「俺がヴィルカス人だと明かした。貴族に捕まっていたところを、二人で夫婦のふりして逃げてる最中だって言ってな」

「なっ……!?」

なんてこともないふうに、アッシュは片眉をあげる。

「なに。敵の敵は味方――ってな。市民活動家の連中は貴族を嫌うが、貴族に虐《しいた》げられていたヴィルカス人には甘い。今の時点では、な。ヴィルカス人がまさか貴族令嬢と仲睦まじくくっついて王都に侵入しようとしているなんて、思いもしねえだろうさ」

「なるほどね……」

――このアッシュの行動は、意外な方向へ転がることになる。

その後、宿の一階の食堂で夕飯のスープをいただいているところで、わざわざ市民活動家の人々が連れ立ってやってきたのだ。

全員二十代らしき若い男性で、意外なほどに品の良い服を纏っている。

「俺たちの仲間から聞きました。俺はリーダーのヴィクトーといいます」

名乗り出たのは黒髪で精悍《せいかん》な美男子だ。

他のメンバーとは違い、腕章に黒い花の紋章が刺繍されている。

アッシュはスープをゆっくり咀嚼したのち、迷惑そうな顔でヴィクトーを睨む。

「話なら飯の後にしてくれ。込み入った話をここでやる気か？」

アッシュの言葉にヴィクトーはにっこりと笑う。

「込み入った話をしてくださるということですね、助かりました」

「ああ」

私は話についていけず、二人の顔を交互に見る。

そして夕食後、ヴィクトーが私たちの泊まる部屋まで一人でやってきた。

私はベッドに腰を下ろし、アッシュはいつでも動けるように立って壁にもたれて話を聞く。もう偽る必要はないと、アッシュは髪を銀髪に戻していた。

ヴィクトーは真っ先に、身分証を検めた時の非礼を詫びた。

「あなたがヴィルカス人の方と知り、ご挨拶に伺いました。どうして王都に？」

言葉遣いは丁寧で、礼儀正しそうな人だ。とても荒っぽい市民活動をしている人には見えず、その底の知れなさが不気味だと思う。

「どうして、ってか？」

アッシュは目を眇めて笑い、おもむろにシャツのボタンを外し、傷だらけの肌を晒した。ヴィクトーが表情を固くする。

「これを見たらわかるだろ？　俺がなにを考えてるのか」

「……あなたは……」

シャツを脱ぎ捨て、アッシュは好きに眺めろと言わんばかりに肩をすくめた。

「俺は故郷を蹂躙《じゅうりん》され、貴族に尊厳まで踏み躙られ尽くした。それ以上の情報は必要か？　俺が何をされたのか、あんたならわかるんじゃないのか」

「……」

アッシュは鼻で笑い、私を顎で示す。

「俺の女――そこのキセリアの裸まで見たいって言わねえだろうな？」

「いや。信用しましょう。……失礼しました」

ヴィクトーは頬を赤くして口を引き結ぶ。生真面目そうな人だ。

アッシュはシャツに袖を通しながら話を続けた。

「なあ、あんたらこれからデカいことするんだろ？　俺らはその話を聞きつけてきたんだが」

「知っていましたか」

ヴィクトーの瞳が輝く。真剣な顔で、アッシュに強く頷いた。

「高位貴族の王都屋敷《タウンハウス》を襲撃し、我々の怒りを体現するのです」

私は心臓が跳ねるのを感じた。かつての死に戻り《ループ》で巻き込まれた暴動の激しさを思い出し、私は深呼吸してやり過ごす。

さりげなく励ますように私の肩を叩いて、さも愉快そうにアッシュが笑う。

「次はどこをやるつもりだ？　今は貴族議会中じゃないから、王都にいる貴族も少ないだろう」

アッシュの問いかけに、ヴィクトーはなんとも言えない顔をした。

「まだ検討中です。ロンベル公爵家をはじめとして既に地方に逃げている貴族も多く、どの屋敷を狙うのが最善なのか」

「なるほど。情報がまだ足りねえってわけか」

男二人が沈黙したので、私は口を挟んだ。

「ねえ、ヴィクトー。私も話に加わってもいいかしら？」

「ええ、勿論《もちろん》です」

私が口を出すとは思わなかったのだろう。虚をつかれた様子でヴィクトーが頷く。

「襲う屋敷が決まってないのなら、提案があるの。……アーネスト公爵邸はどうかしら？」

ヴィクトーは目を丸くした。

「ずいぶん大物を選びますね？」

「あの家、王都の自分の家のワインセラーのワインをいたく大事にしていたの。どんなに王都が危なかろうが、領地に引っ込ませることはない。輸送で品質が落ちるからね……王都から逃げていたとしても、ワインセラーを爆破してしまえば、きっと楽しいことが起きるわよ」

私はにっこりと笑う。ヴィクトーが身を乗り出した。

「誘《おび》き寄せられるというわけですか」

「そう。私は一時期あの屋敷でメイドをやっていたからね。ずいぶんこき使われたけど、屋敷の中はネズミよりも詳しいわよ」

田舎育ちの娘が都会に出て働くには、メイドはごく自然な職業だ。人の入れ替わりも激しいから騙るにはちょうど良い。

「どうかしら？　派手にアーネスト公爵家を木《こ》っ端微塵《ぱみじん》にしたくない？」

ヴィクトーは素直に頷いた。

「明日ぜひ王都の拠点に来てください。キセリア、アッシュ。仲間は二人を歓迎します」

「ありがとう。悪知恵なら任せてちょうだい」

強く握手を交わす私たちを見てアッシュは黙っていた。その表情が呆れなのかなんなのかわからない。ともあれ話はとんとん拍子に進み、ヴィクトーは笑顔で部屋を後にした。

部屋が沈黙に包まれる。先に口を開いたのはアッシュだ。

「あんたは毎回、なんで自分からわざわざ首突っ込むんだよ」

「だってその予定だったじゃない」

「慎重になれって言ってんだよ、猪かあんたは。あんたがキサラ・アーネストとバレたらどうするつもりだったんだよ。頭がどうにかしたのかと思ったぜ」

「……あなただって、傷を晒していたから」

「だからどうした」

「傷を晒して、この国で味わった嫌な思い出を匂わせて……彼に想像させたでしょう？」

「信用してもらうためにな」

「あなただけが潜入するのならば肌を晒す必要はなかったわよね。ヴィルカス人であることを見せればいいだけなのだから。ヴィクトーの関心が私に向かないように、あえて己の受けた屈辱を晒してくれたのだわ」

「別にそこまでの重みはないさ、女でもあるまいし。それに俺はあんたにさせたことがある」

「私が嫌なの、あなたが傷を晒すのが。……私の父のせいなのだから、責任を感じるの」

「……本当、あんたはばかだよ」

「ばかで結構よ。でも守られているだけじゃ嫌なの……」

不意に、隙間風が寒く感じる。体温が欲しいと思った。私はアッシュの袖を引く。

「なんだよ」

「抱いてくれないかしら」

「……は？」

「寒いと気持ちが沈んでしまうわ。あなたもさっき服を脱いでいたし、体が冷えているんじゃなくて？　馬車の中でしてくれていたみたいに、暖を取りながら話しましょうよ」

「……そういうことか。人を湯たんぽがわりにするなよ」

言いながらもアッシュはため息をつき、毛布をかぶって私を膝に収めた。胸に頬を預けると、あたたかくて安心する。この安心感があるから、私は賭けに出られた。

「二人でいる時間も、あと少しなんだもの。楽しく過ごしたいわよね」

「キサラ」

「なにかしら？」

私は顔をあげる。何か言いたいことを堪えるような表情のアッシュに笑いかけてみせる。

アッシュの眉間にますます深い皺が寄った。

「……あんた……忘れてるのかもしれねえが、俺も男だからな」

「わかってるわよ。綺麗な人だけど、女の人には見えないわ」

「そういう意味じゃねえよ」

「じゃあ何？」

「…………無邪気に抱いてとか言うなよ、意味もわかんねえで」

「あら、失礼ね。アッシュ以外には言わないわよ。アッシュだからお願いしてるのよ」

「…………」

はあ、と深くため息をついて、アッシュは私をベッドに倒す。

「な、なに？」

「…………寝ろ」

アッシュは半ば乱暴に、上から毛布をかけて寝かしつけの体勢に入ってきた。妹《こども》扱いに私はアッシュをちょっと睨む。

「まだ眠くないわ」

「寝ろ。寒いなら隣にいてやるから」

しかめ面で、アッシュは私の頭を少し乱暴に撫でる。

「あのな。あんたはもう嫁ぎ先も決まってる身分だろうが。身綺麗かどうか疑われて婚約破棄されても知らねえぞ」

「何を懸念しているのか知らないけれど……嫁ぎ先なんて、本当に嫁ぐかわからないわよ」

「い、い、か、ら。俺が迷惑だ」

「はーい」

アッシュは苛立った様子でベッドに寝そべると、私と遠く距離をとって背を向けた。それ以降、アッシュは無視を決め込んだらしく、何を話しかけても答えてくれなかった。

次第に寝息が聞こえてくる。

私は背中合わせに体を横たえて目を閉じた。

この二人っきりの時間はもうすぐ終わる。
だから——少しでも仲良くしていたかっただけなのだけれど。

馬車まで同行していた護衛には、フルニエール男爵にこちらの状況を説明するように伝えて発《た》ってもらった。少しでもヴィクトーや市民活動家に怪しまれる行動は避けたい。

私たちはヴィクトーの案内で王都に入った。

市街地の中心部に入るほど、私は信じられない思いで街を見た。

「……これが、本当に王都？」

美しい王都は、荒涼とした寂しい秋風が吹き荒《すさ》ぶ街に成り果てていた。立ち並ぶアパルトメントの窓の花は枯れ、馬車の数は激減した。公園はゴミが燃やされた跡もそのままで、生ごみを突くカラスの声ばかりが騒々しい。

「さあ皆さん、行きますよ！　こちらに続いて！」

異常な光景の中、元気に先をゆくヴィクトーが不気味に見える。

私たちは市民活動家の拠点とされた、とある伯爵家の王都屋敷に入った。略奪したのは明らかだ。

彼らは門扉《もんぴ》に活動家の旗を掲げ、帰還したヴィクトーに敬礼する。

ホールに入り、ヴィクトーは私たちに仲間や拠点について説明した。

「ここを暫定的に本拠地にしています。もちろん、ここ以外にもいくつか拠点はあります。女子どもを集めた場所や、実働部隊だけで組織されたものなど。ここでは主に作戦会議を行っています。お二人はぜひここにお住まいください」

私はぐるりとあたりに目を巡らせる。お金になりそうな品物は全て奪われ、屋敷の中は野放図《のほうず》に使われている。あまりの惨状が、恐ろしい。

この国の従来の暮らしは終わってしまうのだと確信した。

簡単な説明をされたのち、私たちは客間の一室をあてがわれた。大きなベッドがある、元の所有者が揃えた家具が維持された比較的綺麗な部屋だ。

一旦荷物を置いた私たちは次に、食堂に案内された。

そこは食堂としての用途はすでに果たしておらず、作戦会議室として用いられていた。

壁にはいくつもの模造紙が貼られている。各邸宅の見取り図、高位貴族たちの似顔絵、市街地の地図、地方に逃げた貴族たちの情報など。

ゾッとしてたちすくむ私を隠すように、アッシュが先に部屋に入ってどっかりと椅子に座る。

長テーブルに集まったのは十二人ほど。

殺気だったいずまいの彼らは一人一人、私とアッシュに自己紹介をした。それぞれ出自は違うものの、皆平民で、貴族に対して怨嗟と義憤を抱えた若者たちだった。

ヴィクトーは私たちを、こう紹介した。

「こちらのアッシュはヴィルカス人、彼女はキセリア。かのアーネスト公爵家の内情を知る元オールワークメイドです。彼女はアーネスト公爵家への作戦に知恵をかしてくれるそうです」

「みんなよろしくね」

悪女の演技を意識しながら、私はにこりと微笑む。

ありがたいことに誰も私がキサラ・アーネストだとは気づかなかった。引きこもっていて良かったと心から思う。ヴィクトーは弾んだ声で私に願い出た。

「早速ですがキセリア。君が俺に話してくれた提案を彼らにも共有して下さい」

「ええ、説明は苦手だから、わかりにくいところがあったら言ってね」

私はテーブルに広げられた模造紙に書かれたアーネスト公爵家の情報へと目を落とす。キサラ・アーネストの記述を見て気絶しそうになりつつも、私はなんとか襲撃の提案をやってみせた。

私の話を黙って聞いていた彼らは、私が話し終えると感嘆の息を吐いた。

「あのアーネスト家に仕えていた使用人はほとんどが失踪したか、頑なに口を割らないんだ。関係者として私刑《リンチ》で吊し上げられるのを恐れてだろうが……君は勇敢だな」

私はひやひやする思いを隠して、ふてぶてしくウインクをして返した。

「やるなら早いほうがいいわ。相手も狙われてると承知でしょうし、空振りしちゃもったいないわ」

——話は終わりとなり、解散の運びとなった。

廊下を曲がろうとしたところで、先ほど話した活動家の一人に呼び止められる。

「おい、待て」

筋骨隆々とした髪の短い、気も短そうな男だ。彼は太い腕を組み、じっと私とアッシュを見やる。

「なあ。あんたらがアーネスト公爵をぶっ壊してえのは十分通じた。それに嘘はないと思う。だが」

「……だが？」

男はじっと、私だけを睨んだ。

「貴族の密偵じゃやないだろうな？　アーネスト公爵家を壊すように先導したところも怪しい」

私は息を詰める。どう言葉を紡ごうと焦っていると、アッシュがぽんぽんと肩を叩く。『俺に任せろ』といいたいのだろう。

アッシュは思わせぶりな口調で答えた。

「そうだな。……一つ嘘をついていたことを認めようか」

目前の男が目を見開く。アッシュはあっさりと暴露した。

「あんたの言うとおり、俺らは夫婦じゃない」

「やはり、じゃあんたは……！」

「くく……まあ、最後まで話を聞けよ」

やっぱり、と目を見開く男に、アッシュは笑いながら付け足す。

「まだ夫婦じゃねえんだ。……キセリア《こぃつ》は雇用先の虐待で随分弱ってたからな」

私の頭を撫で、黒髪をひとふさ手に取り口付けながら、アッシュは続ける。

「元気になって、仇の憎きアーネスト公爵家が終わっちまうまで、俺たちは正式には夫婦にならねえと決めてるんだよ。……夫婦として籍は入れているけどな？」

最後にアッシュが片目を閉じると、男は何かを合点したのだろう、にやにやと笑う。

「なるほどな」

「な？　だから余計なこと、こいつの耳に入れさせないでくれよ。まだ何も知らねえんだ」

「そうか、そういうことか……はは、うまくやれよ兄弟！」

男がアッシュの肩をバシバシと叩いて去っていく。

「終わったな、行くぞ……キセリア？」

アッシュが私の顔を覗き込んで片眉をあげる。

「怖かったか？」

深呼吸を続ける私を見て真面目な表情になると、アッシュはすぐに部屋へと入った。

二人きりになったところで、私はアッシュを見上げて文句を言った。

「も、もう……！　何言い出すのかと思ったわよ！」

「そりゃ誤魔化すだけに決まってるだろ」

アッシュは意外だと言わんばかりの顔をする。

「なんだよ。これだけ懐いてるくせに、俺のこと信用してねえのかよ」

「信用はしてるけど……ちょっと怖かったってだけよ……」

「……そうだな、苦労してんだもんな、あんたも」

アッシュは前に下ろした三つ編みをばさりと後ろに払うと、私の目を見て謝罪した。

「怖がらせて悪かった。俺はあんたを裏切らない。引き続き信用してくれ」

アッシュは窓ガラスを開く。夜風が通り抜けて心地よい。

月明かりがとても明るくて、アッシュと出会った日の夜を思い出した。

あの時も綺麗だと思った。今日も綺麗だ。銀の月が、銀髪によく映える。

「アッシュ」

「ん?」

「結局、何であの男の人はすぐに引き下がったのかしら。どういう意味?」

「あんたは何も知らなくていいよ」

「妹扱いしないでよ」

「……この関係は壊すもんじゃねえだろ」

「どういうこと?」

アッシュは少し複雑そうな顔をして、私の頬に手を伸ばす。

大きな手は私の頬に触れ、そして頬肉をふにっとつまむ。

「ひゃによ」

「別に」

そう呟いて、アッシュは手を引っ込めた。

どこか感傷的な気配を漂わせたアッシュ。意図が知りたくて、私は彼を見つめる。私が一瞬でも不安に思ったことが、逆に彼を不安にさせてしまったのだろうか——と。

「なんだよ、そんなに見たら顔に穴開くぞ」

アッシュがこちらを見た。

今まで見たこともないほど、柔らかくて、優しい顔をしているような気がした。

「アッシュ。なんだか、……少し変よ。さっきのことで気を悪くしているのなら」

「違う違う」

言葉を重ねて否定する。月明かりの中でしばらくじっとした後、アッシュは話を続けた。

「……全てが終わって、元通りにできたら。俺は必ず……あんたをちゃんと、助け出すから」

「それって、どういう」

アッシュはそのままベッドに横になり話を打ち切った。私はその背中に頬を寄せ、隣で眠った。

市民活動家の本拠地に訪れて以来、怒涛《どとう》の日々が過ぎていった。

ヴィクトーは早速アーネスト公爵家に爆薬を仕掛け、ワインセラーを狙っていることを露骨に示してきた。仲間たちは常にアーネスト公爵家の出入りを調べ、使用人の通用口さえ二十四時間体制で張り込んだ。

そして一週間後。

アーネスト公爵が屋敷に今もいることが明らかになった――父エノック・アーネストに引導《いんどう》を渡す日が、ついにやってきたのだ。


曇り空の肌寒い朝。

本拠地となった伯爵邸の庭には埋め尽くさんばかりの市民活動家が溢れ、一斉に拳を振り上げた。

「今日こそ我々の怒りをアーネスト公爵家にぶつけるんだ！」

老若男女、民衆は怒りで一つになっていた。群衆の怒りの大きさに慄《おのの》いているうちに、人々は次々と門扉を抜けて大通りへと列を成して続いていく。

「アーネスト公爵を許すな！」

「エノック・アーネストに天の怒りを！」

人々は口々に怨嗟の言葉を絶叫しながら、群衆そのものが一つの意思を持つ魔物のように、大通りを一路アーネスト公爵邸へと向かっていく。

「気をつけろよ、押しつぶされんな！」

「わかってる！」

人の波に必死でついていきながら、私はふと思い出す。

ちょうど、私が公爵邸をアッシュと共に飛び出し、朝日に感動した時間帯だ。

あの時美しいと思った街並みには市民活動家以外は誰もいない。整備が追いつかず荒れた石畳を、ずかずかと怒りの行進が踏み締める。

ついに先頭の人たちがアーネスト公爵家の門を破壊した。

人々が大歓声をあげ、我先と走り始めた。

アッシュが私を人混みから庇ってくれる。私は背伸びして耳を引き寄せ、伝えた。

「隠し通路はわかるわ。ついてきて」

「ああ」

私たちはこっそりと人々の流れから抜け出し、アーネスト公爵邸の庭の銅像を横に倒す。奥から四角い扉が現れ、アッシュと一緒に取手を引いて開いた。

「……懐かしいわね」

私は震える声で呟く。ここは有事の際に公爵家の者が逃げるための通路の一つで、煉瓦で四方を覆った竪穴を降りると、頑丈な地下通路にたどり着く。この通路は王宮や他の公爵家とも繋がっている、貴族専用の逃げ道だ。

そして、私にとって因縁の場所でもある——死に戻り《ループ》している間、何度も逃げ出そうとしては惨殺され続けた通路だ。

壁を見れば、打ち付けられた痛みを思い出す。床を見れば、首を絞められた苦しさを思い出す。

「飲み込まれるな」

アッシュが私の目を隠す。

手を離されると、アッシュが強い眼差しでこちらを見ていた。

もう一度目を塞《ふさ》がれて目を閉じる。背中を撫でてくれる手に合わせて、深呼吸をする。

落ち着いたところで、私は頬を叩いて笑顔を作った。

「ありがとう、もう大丈夫よ」

頷きあうと、まっすぐにアーネスト公爵邸の奥に通じた扉まで走る。

アッシュが私に尋ねた。

「一応聞いておくが」

「何？」

「俺は『女神の右目』を見つけるが、あんたの家族は助けない。それでいいか」

「むしろどうしたっていいのよ。あなたの復讐相手でもあるでしょう？」

私をチラリと見るアッシュに逡巡を感じる。私は笑い飛ばした。

「私が庇うとでも？　ご冗談。少しは私の痛みを思い知るといいわ」

死に戻り《ループ》の中で、抵抗の勢い余って手をかけてしまったことだってある。それより何倍も、私は家族に殺され続けてきた――そんな私が今更、家族を庇いたい気持ちにはなれない。それに。

「……この状況を招いたのは彼らよ。だってそれだけのことをしたんだもの」

「あんたがそう言うなら、気兼ねなくやれるな」

「あなたこそ、暗殺者でしょ？　日和《ひよ》ってないでしっかり復讐しなさいよ」

「キサラ・アーネストがそれを言うなよ」

私たちは状況に似合わない軽口を叩き合って先を急いだ。

外はきっと阿鼻叫喚《あびきょうかん》の地獄絵図になっているだろう——私たちの間だけ、場の空気の流れが違うみたいだ。

私たちはとても冷静だった。目的を遂行するため、本気だった。

「父の書斎へ通じているのはこっちよ」

半ば駆け足になりながら、私たちは目的地を目指す。

走りながら、私の頭の中にはアッシュと過ごした日々が走馬灯《そうまとう》のように流れていた。

——観劇会の終わり。名残惜しく拍手を続ける観客に向けられる、エピローグのように。

毎日スリルいっぱいで、楽しいことも怖いこともたくさんあった、生きている実感に溢れる日々——死に戻り《ループ》に巻き込まれて以来、ずっと欲しかった幸せな日々がそこにあった。

今なら少しだけ、あの悪女の気持ちがわかる。

死んで、殺されて、また一年前に戻って、また死んで。

繰り返し続ける死に戻り《ループ》の先、カーテンコールを求めていた。

アッシュの念願が叶って、私たちが離れ離れになって。期間限定の協力関係も終わり。

暴動の日に終わりが来るのは、悪くない結びだと思った。

――突入からすでに半刻はすぎた。

地下通路から書斎のある別棟に到達し、私たちは誰よりも早くアーネスト公爵邸の最深部に辿り着いた。にもかかわらず、父の姿が全く見つからなかった。

棚を荒らし回りながら、アッシュが叫ぶ。

「なぜだ……！　なぜ、どこからも『女神の右目』の気配が感じられない！」

「やはり父を探さなければならないようね」

もうすでに屋根裏部屋に逃げ込んだ兄が引き摺り出されていく悲鳴は聞いた。私に熱湯を浴びせるのが趣味だった義母は、メイドの振りをして逃げようとしたところを女たちに捕まえられていた。

彼らなんてどうでもいい。

とにかくアッシュが必要なのは――『女神の右目』の在処を知るであろう、父だ。

「クソッ！　どこに隠れやがった！」

アッシュが壁を殴り叫ぶ。私もあちこちを引っ掻き回しながら、父を探し回った。

「ねえアッシュ。『女神の右目』って燃えるの!?」

「なんだいきなり」

アッシュは肩で息をしながら振り返る。私は書類棚を倒しながら言った。

「燃えるものは山ほどあるわ！　もういっそ、屋敷に火をつけて……父を炙り出さない!?」

「……魔石は炎では燃えない。消費されるのは、エネルギーとして用いられるときだけだ」

「なら燃やしましょう」

「やるか！」

「ええ！」

焦る私たちを止めるものは何もなかった。私はランドリールームからありったけの布を運び、あちこちの油をかき集め、布や紙にぶちまけた。

「あっちの窓を割ってくれ。煙の流れる方向を作る」

「わかったわ」

私は暖炉から火かき棒を奪い、指示された場所の窓や扉を壊していく。アッシュとの暮らしのおかげで、鉄製の火かき棒を振り回してもよろけない。体のどこも痛くない。これまで私を苦しめてきた、アーネスト公爵家の全てを、私は息を切らしてめちゃくちゃにした。

ひとしきり破壊して、活動家の人たちに逃げるように伝えた後、アッシュの元へと戻る。

「あらかた逃げ道は作ったわ！」

「よし、火をつけるぞ！」

アッシュはいよいよ、魔術の炎で火を灯す。部屋がかっとオレンジに染まる。

アッシュが飛び出して叫んだ。

「火をつけたぞ！　アーネスト公爵を炙り出す！　危ないから逃げろ！」

活動家たちは騒ぎ立てながら別棟から飛び出し、中庭や渡り廊下へと逃げていく。私とアッシュは煙が立ち込める前に、片っ端から部屋を覗いて「火事だ！」と叫び、父を探す。

父の部屋、書斎、寝室、幾つもの私的な部屋、趣味の部屋、宝物庫、クロゼットルーム——全ての部屋を巡ったのち、私はついに最後まで入るのを躊躇っていた部屋の前にたどり着いた。別棟の最奥。最も日当たりの悪い、廊下の突き当たり。

「……私の部屋……」

「キセリア、探すなら急げ！　これ以上は煙が回りすぎる」

「わかったわ！」

私は扉を開こうとした。開かない。鍵がかかっている。

アッシュと顔を見合わせ、二人で助走をつけて扉に肩をぶつける。

一度。二度。三度。

四度目に鍵が壊れた音がして、ついに私の部屋の扉が開かれる。

頭上を煙が通り抜けていく。真正面の窓が開いている。アッシュと一緒に夜を駆けた、あの窓が開いている。

その下に、女物のネグリジェを纏った中年の男が片足をあげてこちらを振り返っていた。顔には出鱈目《でたらめ》な化粧を施し、はき慣れないストッキングはびりびりに破れている。

顔は青ざめ、汗まみれの髪を振り乱し、縄梯子《なわはしご》で降りようとしている彼を見間違えることなんてない。

「……エノック・アーネスト……」

私はつぶやいた。アッシュがつかつかと近寄り、胸ぐらを掴んで床に押し倒す。ヒギャアと、蛙を潰したような音が聞こえる。

アッシュは躊躇いなく一発、その白粉が浮いた頬を殴りつけた。

「グボッ……！」

「エノック・アーネスト！『女神の右目』はどこだ！」

「わ、わしは知らない！　わしは……！」

アッシュは素手でネグリジェを引き裂き、裸にした父をボロ布で拘束する。何も隠し持っていないのを確認したのち、吐かせるために鳩尾《みぞおち》を殴った。血を吐き、父は床でのたうち回る。口からの吐瀉物《としゃぶつ》に宝石らしいものはなかった。

アッシュのナイフが、冷たく父の目の前に突きつけられた。

「今なら命だけは助けてやる。故郷を灰燼《かいじん》と化し、我が同胞を殺したお前に命だけは残してやる。言え。クレスタ州ローインズ集落にあった女神像から奪った『女神の右目』の在処を言え。お前の手に渡ったことは突き止めているんだ」

「や、やや屋敷にある魔石は全て換金した、今頃は全て汽車の燃料に消えているはずだ！」

この国にとって魔石は宝石であり消耗品だ。

アーネスト公爵家が没落を前に、魔石の宝飾品を売り飛ばしているのはありえる話だ。

しかしアッシュは確信があるらしく、さらに父に詰問する。

「違う！　あれは燃えるはずがない……いや、お前が燃やすはずがない！　あれはお前たち王国民には魔石には見えない……金色で猫目に輝く宝石のような石だからだ！」

父は涙と鼻水をだらだらと流しながら首を横に振る。化粧が溶けて悲惨な汁が裸の体に散る。

父は涙声で訴えた。

「知らない。魔石とは似ても似つかない、真っ黒な石なら娘のキサラのペンダントに加工して使ったが、それではないのだろう⁉　目玉くらいの大きさのものは……それしか知らない！」

アッシュが私を見る。

何か知っているのか、と言いたげな眼差しだ。

「わからないわ。……嘘は言わない。私が与えられていた宝石は確かに一つだけあったけれど、真っ黒くて、アッシュが言っていたものと違うわ」

間違えるわけがない。死に戻り《ループ》を繰り返す日々の起点になっていた、パーティの夜に贈られたチョーカーペンダント。父から贈られた宝飾品はそれだけだ。

「あれならアッシュと出会う直前に、兄に殴られた拍子にぼろぼろに砕けてしまったわ。あの部屋に落ちていたはずよ。でも反応はなかったんでしょう？」

「ああ……確かに、反応は全くなかった……」

アッシュは混乱した顔をしていた。父を掴んだまま、顔を覆って息を乱す。

「わからない……とにかく『女神の右目』を見つけなければ……集落を全て取り戻すためには、……あれの力が必要なんだ……そんな、黒い石じゃない……」

父は泡を吹いて今にも気絶しそうだ。

煙はどんどん濃くなっていっているようだ。そろそろ逃げないとまずい。

「待って」

――煙を見て、ふと閃いた。

「……魔石って、燃えないのよね？」

私は、先ほどの炎を思い出す。炎から生じる煤《すす》にみるみる黒ずんでいく部屋の中を。そして、私が与えられていたチョーカーペンダントを。

私の髪と同じ、真っ黒な丸い石が嵌め込まれた――ヴィルカス連邦襲撃の戦果。

割れた破片はあの時、内側はどんな色をしていたか。

――そう。月明かりに明るく輝いていた。

「魔石が、炎によって表面が黒くなることは、……ある？」

アッシュの双眸が、丸く大きく瞠《みは》られる。アクアマリンのような透き通った瞳が、信じられないといった眼差しで私を見ていた。

「……あんたに一つ聞きたい」

アッシュの言葉の続きを、私は聞きたくなかった。

それでも、時は止まらない。

「……あんたは『時巡り』を知っているか」

言葉に詰まった私の表情を見た瞬間。

アッシュの瞳が輝きを失う。

「……嘘だろ」

そこからは、まるでコマ送りのようにゆっくりと時間が過ぎていった。

アクアマリンのような透き通った瞳が、私をじっと見つめる。

今までアッシュから向けられたことのない、ゾッとする眼差しだった。

父を放り投げ、アッシュが私に詰め寄る。壁に押し付けられる。

「っ……」

息を詰める私に、アッシュは無表情で詰め寄る。

「キサラ……あんたは、既に時巡りをしたことがあるのか？」

「……あ……」

私は唇が震えて答えられなかった。

アッシュが怖いからではない――私が絡め取られていた運命の理由が判明したから。

あの日。私が一瞬話した女性のことを思い出す。

不自然なほど思い出せなかったけれど――もしかして、彼女が。

「あんたが……『女神の右目』を手に入れて以降、時巡りが起きているのなら……もうすでに……村の壊滅前には戻れない……『女神の右目』そのものが壊れて力を失っているのなら、もう、二度と、時は……」

――私はこの時悟った。

彼の希望を、父と私で――アーネスト家の父と娘で、全て奪ってしまっていたことを。

「……時を戻して、村を助けるつもりだったの……？」

アッシュは、何も聞こえていない様子だった。

「いたぞ！　あそこにアーネスト公爵がいる！」

窓から煙が抜けた影響で見通しが良くなり、父を見つけた人々が怒号をあげて押し寄せてくる。彼らはアッシュと私を突き飛ばし、父を攫って引きずり、去っていく。静かになった部屋の中、私はアッシュと一緒にいた。

「……『女神の右目』はヴィルカスの血を引くものが願うことで、望んだ時まで戻り、そこから一年を何度も繰り返すことができる……時巡りを終わらせるには……壊せばいい……だから俺は……時巡りを起こして集落の襲撃を……なかったことにしたかったんだ……」

アッシュは憔悴《しょうすい》した眼差しで、私を見た。

「どうして、あんたが発動できたんだ!?　……あんたはキサラ・アーネストだろう!?」

悲痛な叫びだった。言葉が出てこない。アッシュは前髪をかきむしった。

「ヴィルカスの生まれじゃないと、魔石で魔力を引き出せないんだよ。なぜ、あんたが……」

「……わからない……わからないわ。ただ……………もしかしたら……私の、母は北の方の生まれなの……。母に薄くでも、ヴィルカスの血が流れているとすれば……」

「はは」

ぷつりと何かが切れたように、アッシュの体から力が抜ける。そして壊れたように笑った。

「そうか。薄くヴィルカスの血をひくあんたが……無自覚に……『女神の右目』を暴走させちまったんだな……」

そう言い残すと、アッシュは座り込んだまま動かなくなってしまった。

——私は全てを悟った。

私が死に戻り《ループ》——アッシュの言葉で言う『時巡り』の牢獄に囚われたのは、ヴィルカス連邦侵攻後、父にチョーカーペンダントを与えられた夜が始まりだった。私はペンダントに嵌め込まれた『女神の右目』の力を暴発させてしまい、死に戻り《ループ》を起こした。そこから約一年、殺されるたびに何度も何度も、『女神の右目』は時を戻し続けていた。

——そしてなぜ死に戻り《ループ》が終わったのか。

今回初めてチョーカーペンダントが破壊されたからだ。

だから、あのとき女性の声が聞こえたのだ——あの人が、女神だったのだ。

思えばこれまでの死に戻り《ループ》の中では、一度も『女神の右目』は破壊されていなかった。今回、『女神の右目』が壊されたことで死に戻り《ループ》は終了。

抜け出した私は、今まで出会ったことのない人——アッシュと出会えた。そして今に至る。

アッシュがなぜ、屈辱の日々を耐え忍んででも『女神の右目』を手に入れるべく尽力してきたか。

全ては、集落に起きた惨劇をなかったことにするため。

——もう、どうにもできなかった。

アーネスト公爵邸は全焼した。

王都警邏《けいら》隊が遅すぎる出動をして、昼過ぎには市民活動家は半分が投獄、半分が散り散りに逃げた。警邏隊も形だけの出動で、半分以上は暴動に賛同している様子だった。

いずれ投獄された人々も釈放されるだろうと通りすがりの参加者が私とアッシュに告げた。

私とアッシュは無言でカフェテラスに向かう。

暴動ですっかり様変わりした街に、カフェテリアの店長の声が響く。

「にっくきアーネスト公爵家の終わりだ！　今日は祝いだ！　お前ら持っていけ！　全部無料だ！」

アッシュをベンチに残し、私はもみくちゃになりながらなんとか二人分のパンを手に入れて、アッシュに手渡す。アッシュは受け取ってくれなかった。

私はアッシュの分のパンをカバンに押し込む。

街は暴動ですっかり荒れ果て、あちらこちらから物を壊す音や悲鳴、怒号が響いている。

「……みんな、こんなことがしたかったの……？」

市民活動家の人たちも最初は義憤から始まったはずだ。それなのに最終的にこんな惨状になってしまうなんて。私はやるせない気持ちになりながら、味のしないパンを無理矢理口に押し込んだ。

その時。

「助けてくれ、誰か、誰か……！」

目の前を、ぼろぼろになった貴族の誰かが走っていく。その後ろから暴徒が追いかけている。私は反射的に立ちあがろうとして、アッシュにぐいっと腕を掴まれる。

「関わるな」

言われて私は躊躇《ちゅうちょ》した。再び、貴族男性の悲鳴を聞く。アッシュは手を離さない。こんな状況になってでも私を案じてくれてるのは有り難い。けれど。

「わかっているわ、でも……」

私は彼を見て思わず昔の自分を思い出した。

虐待されていても見て見ぬ振りをされ、誰も助けてくれなかった絶望。死ぬ苦しみと、辛さを。

私は隙をついてアッシュの腕を振り払い、男性が襲われている方へと向かう。

「ッ……あんた！」

アッシュが焦った声を出す。私は距離を測りながら大声で、暴徒たちに声を張り上げた。

「みんな！　こっちに高級娼婦が逃げるのが見えたわ！　アーネスト公爵家から逃げてきた女よ！」

高級娼婦とアーネスト公爵家という響きに、暴徒たちは色めき立つ。

暴徒化した老若男女が私の指し示す裏路地へと走っていく。

襲われていた貴族男性がよろよろと立ちあがろうとすると、遅れて遠くの方から、息子らしき若い男性が駆け寄ってくる。私は顔を見られる前に逃げようとした。

背を向けたところで、男性の声が聞こえてきた。

「ま、待ってくれ、お嬢さん……ありがとう。恩は忘れない」

「……」

一瞬だけ立ち止まり、私は振り返らずに逃げる。

私は彼に感謝される立場ではない。

貴族であることを――キサラ・アーネストであることを隠しているずるい女なのだから。

戻った私の肩をアッシュが無言で強く抱いて支える。

そして有無《うむ》を言わさず駅の方へと走らせた。アッシュは走りながら言う。

「死ぬのが怖くないのか、馬鹿野郎」

「……怖いわ。だから助けなきゃ嫌だったの。ごめんなさい」

それ以上、アッシュは言葉を紡がなかった。

アッシュはどんどんと歩いていき、乗合馬車に乗り込む。

空席の多い車内の注目が集まったところで、アッシュが帽子を脱いで銀髪を晒す。

彼らの視線が明らかに和らぐ――ああ、貴族家に囚われていたヴィルカス人なのだと。

それだけでみんな納得したようで、疲れた彼らはすぐに私たちから興味を失った。

時間になり、馬車が緩慢に進み始める。

古い幌馬車はギシギシと軋むような音を立てながら進み、乗り込んだ人々は皆疲れた顔をして無言だった。王都で普通に暮らしていた平民の人たちではないかと想像した。

王都の騒乱の中では貴族以外も生きていけない。安寧《あんねい》を失った人々は手荷物を膝に抱え、未来の見えない灰色の眼差しで荷物のように黙って揺れていた。

私の隣に座るアッシュをこわごわと見る。

膝を抱えたアッシュは相変わらず俯いたままで、表情が見えない。顔を覗き込むこともできなくて、体が揺れて肩が触れ合うことすら、彼を刺激しないか意識してしまう。

二人で過ごしている以上、話さないわけにはいかない。

フルニエール男爵と落ち合う前に確認しなければならないことはいくつかある。

昼に乗った馬車が西日を浴び始める時間になった頃、ようやく私は、アッシュに声をかけられた。

「……アッシュは、これからどうするの」

「……らない……」

私の言葉に、アッシュは低い声でぼそりと呟く。

「わからない。……何も……これからどうやって生きていけばいいのかも」

「アッシュ」

「……放っておいてくれ」

アッシュは改めて顔を伏せて黙り込んでしまった。私は何も言えなかった。

結局そのまま馬車で近くの宿場町にたどり着くまでアッシュは沈黙を貫いた。

フルニエール男爵が派遣してくれた護衛と合流すると、彼らはほっと安堵の顔をみせた。

「無事で良かったです」

「ええ」

しかしアッシュに視線を向けると、困惑した顔をして私に声を潜めて尋ねた。

「……彼、どうかしたのですか?」

「……疲れたみたい。……私が、取り返しのつかないことをしてしまったの」

「左様《さよう》でございますか」

私たちは護衛されながら乗合馬車と汽車を乗り継ぎ、フルニエール男爵の潜伏先まで向かった。

片田舎の小綺麗なアパルトメントの一室だった。

「やあ、大変だったようだね」

フルニエール男爵は葉巻を燻《くゆ》らせながら片手を上げる。ぱりっと糊の効いたシャツとスリーピースを纏ったフルニエール男爵を見ると、王都の暴動の有り様が悪い夢のようだ。

「無事に帰って来れたのだな、驚いたよ。では早速エイゼリアに向かう準備に入るが、良いね?」

「……ええ。よろしくね」

私は頷いた。アッシュはずっと沈黙を保ったままだった。

第六章　ハッピーエンドにはまだ足りない

王都の襲撃から一週間。

急速に風が冷え込み、国全体が紅葉で輝く『黄金の秋』がやってきた。

潜伏先の片田舎の景色も美しいものだった。小高い丘を切り開いて作られたその村は、漆喰《しっくい》で塗り固められたアパルトメントが身を寄せ合うように一ヶ所にこぢんまりと集まった場所だった。どの建物の壁も塀も、赤く染まった蔦《つた》や秋の草花で華やかに彩られている。

こんな状況でなければ、アッシュと定住したいくらいだった。

――けれど、私は今アッシュと別れて暮らしている。

護衛に断りを入れて、フルニエール男爵の別荘を出る。村をぐるりと巡るように散策をしたのち、一軒の古いアパルトメントの前で立ち止まる。

長期滞在用の宿だ。その二階の角部屋に、アッシュは一人暮らしている。

少しでも姿が見たいと思ってしばらく立っていたけれど、アッシュの出てくる気配はない。

後ろから護衛が近づいて声をかけてきた。

「キ・セ・リ・ア様。旦那様がそろそろお戻りです」

「……わかったわ」

丁寧ながらも有無を言わせない態度の護衛に、私は素直に従う。

別荘に戻りながら、最後に私はもう一度アッシュのいるはずの部屋を振り返った。

やはり、そこにアッシュの姿は見えなかった。


男爵の別荘は白亜の壁が美しい、小ぶりながらも瀟洒《しょうしゃ》な屋敷だった。

帰宅して居間へ向かうと、ちょうど男爵の母と男爵夫人と娘二人——女性陣全員が集まっていた。

談笑の声が止み、私を冷たく一瞥する。

帰宅した時に屋敷を守る女主人たちがいるのなら、挨拶をするのは礼儀だ。

「ご歓談中に恐れ入ります。ただいま戻りました」

彼女たちの反応はない。

辞儀をして居間を後にすると、部屋からは聞こえよがしに私への悪口が聞こえてきた。

「いつまでいるのかしら、あの泥棒猫」

「全く、余計な拾い物を……」

悪口を言われるのは慣れているからどうとも思わない。自室に戻り、私はベッドに身を投げ出す。

フルニエール男爵以外の、この屋敷で暮らす家族構成は男爵とその妻、娘二人に祖母。彼女たちは私のことをキサラ・アーネストと知らず、フルニエール男爵の懇意の没落令嬢だと思っている。

だから余計に、関係を疑われるような眼差しで見られているのだ。

「誤解を解きたいのだけれど、話なんてなかなかできなさそうなのよね……」

余計な波風を立てるよりはマシかと思い、今のところ誤解は放置している。

アッシュと一緒に暮らす日々が終わってからというもの、私の服装も身支度も、貴族令嬢らしいものに戻っていった。

フルニエール男爵は私財を惜しみなく使い、毎日どんどん嫁ぐための準備を整えてくれた。先行投資というわけだろう。貴族らしい瀟洒なドレス。化粧品。身の回りの品。

アッシュと走り回っていた頃のものは、全て捨てられてしまった。その特別扱いもまた、女性陣から目の敵《かたき》にされる原因だった。

部屋にノックの音が響き、無表情なメイドがワゴンを運んでくる。

「昼食でございます」

一人用のシンプルなテーブルセットに、冷めたパンとスープが、少しかけた器に入って用意される。メイドが立ち去ったのち、私は食事をした。

フルニエール男爵は配慮が足りない。メイドは女主人の部下。私の扱いがこんなことになるくらい、少し考えれば理解できると思うのだけど。

「……まあ、食事にありつけるのだから贅沢は言えないわ」

一人で食べる食事は、どこか作業じみていた。

昼食を終えた後、私はフルニエール男爵に応接間へと呼ばれた。

「もう少し奥様たちのお気持ちに寄り添ってあげなさいよ」

「冷遇されているというのに、あちらの肩を持つのは意外だね？」

男爵はしれっとそんなことを言う。冷遇されているのをわかっていてこの言《い》い種《ぐさ》なのだから、何を言ってもしょうがないだろう。

私は彼に、エイゼリアに嫁ぐために必要な予備情報や今後の予定について伝えられた。

話題が途切れたところで、私はフルニエール男爵に切り出した。

「フルニエール男爵。アッシュのことだけれど」

不快そうに、フルニエール男爵は片目を細める。

「あの『獣の民』のことは忘れろと言っただろう」

「私の恩人なのだから、今の彼の扱いを見て黙っているわけにはいかないわ。どうしてアッシュは狭い宿に閉じ込めているの？　食事だってあまりよくないと聞いたわ。……彼にも働きに見合った扱いを用意してくれなきゃ嫌よ」

「なぜ『獣の民』に同じことをしなければならないんだ」

フルニエール男爵は、意外なことを言われたと言わんばかりに肩をすくめる。

「キサラ・アーネスト。君がそう思いたがっているだけだろう。相手も人間だと。……彼らは人魚《セイレーン》と同じだ。美女の姿をして歌い、船乗りを惑わすその姿は人間のようだが、その実ただの化物《ばけもの》だ。勘違いして情をかけてやっても意味がない。獣と同じなのだから」

「呆れた。ずっとそういう目で見ていたの？」

「当然だ」

「当然だ、って……。あなた、アッシュと約束していたじゃない。平和になった後の交易について」

「交易相手としては利益がある。ただそれだけさ」

私は信じられない言葉を聞いた思いで、男爵の顔をまじまじと見た。

「なんだね、怒っているのかい、キサラ・アーネスト」

フルニエール男爵は嘲笑うように言う。

「君にはもう関係のないことだろう？　いいかい？　未婚の公爵令嬢が市井の男に肩入れするのははしたないことだ」

わざとらしく指を立て、フルニエール男爵は言い聞かせるように続ける。

「君と彼の関係をデイヴィズ男爵とご令息に疑われては水の泡だ。いい加減に弁《わきま》えて、思考も言動も『公爵令嬢』に戻していくんだ。ゆっくりとね」

「……わかったわ」

何を言い返しても無駄だ。私は溜息をついて頷いた。

デイヴィズ男爵は『悪女』との結婚でも家柄さえ良ければ問題ない——そう言っていたのはフルニエール男爵だったように思うのだけど。矛盾が発生していることに、フルニエール男爵は気づいていなさそうだ。

今更追及したとしても、話が拗《こじ》れて私の自由が失われるだけだ。好きに村を散歩して、自室に閉じこもる自由を奪われてしまえば病んでしまいそうだ。

夜、私は天井にくり抜かれた天窓から空を見上げていた。

窮屈な暮らしの中でも、夜空は相変わらず今夜も美しい。

「アッシュは眠れているかしら……」

悪い夢に魘されていないといいけれど、と思う。

私はといえば、眠れてはいるけれど寂しいような、急にごっそり何かが切り取られたような、なんとも言えない寂しい夜を重ねていた。時々眠れなくなる——今夜のように。

私はベッドの上で膝を抱えて呟く。

「……一緒にいた時間なんて、あの永遠だった死に戻り《ループ》よりもずっと短いのにね」

アッシュといた一年に満たない時間だけが、私にとっての人生だった。

日々があまりに濃密すぎて、彼がいなくなった途端、景色から色が消えたようだ。

垂れてきた黒髪をつまんで、私は指に絡める。今は毎朝メイドが整えてくれるけれど、なんだかしっくりこない。

アーネスト公爵家を燃やしたあの日。

私は結局アッシュを慰めることひとつできなかった。落ち着いたら話そうと思っていた。二人になれる時間が当たり前のようにまだ残っていると思っていた。

アッシュと話したい。

けれど二人で会うなんてもう無理だ。

フルニエール男爵は着々と私を送り出す準備を整えている。あと一月もすればこの生活も終わる。

――そもそも。

「私が、……今更、アッシュにどう言えばいいのか……わからないわ……」

アッシュは今、一人で何を思っているのだろう。

私のことを恨んでいるのだろうか。私を殺したいと思っているだろうか。

最後に別れた彼は殺意すら失っているようだった。

もし今、生きる気力が残っているなら――その原動力が殺意だとしても安心する。

窓を開けて寝ていることも、アッシュが暗殺に来てくれることを期待していた。

あの夜のように、また冴え冴えとした月光に輝く綺麗な銀髪を見たい。

「……アッシュ……」

自由の象徴のような空を見るのが耐えられなくて、私はカーテンを乱暴に閉ざす。

同時にガシャンと何かが割れる音が響く。

足元を見れば、真っ赤な薔薇を生けたガラスの花瓶が砕けてカーペットにしみを作っていた。

「あ……」

暗い色をしたカーペットに横たわる、真紅の瑞々《みずみず》しい薔薇。ガラスの破片が茎に突き刺さり、まるでガラスのナイフにとどめを刺されているようだ。

――その時、私の頭に鮮やかな光景が浮かぶ。

――舞台で何度も見た悪女の姿。

楽しく笑って生きて、人生を楽しんで、満足な最期を迎える『悪女』。

彼女は決して善良な人物ではなかった。けれど彼女は己の人生に満足して、笑顔で死んだ。

舞台が終わり『悪女』を脱ぎ捨てた本当の彼女は、清々しい美しい笑顔で辞儀をしていた。

私は今、『悪女』をこのまま脱ぎ捨てて、結婚して、綺麗な顔で笑えるのだろうか？

憧れのハッピーエンドを迎えるのだろうか？


「……無理よ」


頭の中が、アッシュと一緒に過ごしてきた日々でいっぱいになる。

溢れそうになる楽しい思い出に、私は顔を覆ってしゃがみ込んだ。

「無理よ。……このままじゃ……ハッピーエンドなんて冗談じゃない」

キサラ・アーネストは間違いなく『悪女』だ。

暗殺者を拐《かどわ》かして屋敷を飛び出し、自分を傷つけた世界に復讐し、そして家族を失った優しい人の、最後の希望まで踏み躙った。市民活動家たちには正体を偽り彼らを扇動した。

それどころか、次はエイゼリアの貴族を騙そうとしている。

穢れなきご令嬢のように膝を抱えて己を嘆き、憐《あわ》れみ、泣きぬれていい立場じゃない。

フルニエール男爵の呆れた言葉が頭をよぎる。

『いい加減に弁えて、思考も言動も『公爵令嬢』に戻していくんだ』


「そうよ……公爵令嬢……」

フルニエール男爵の言葉が、男爵が期待する意味とは別の意味をもって私の心で煌《きら》めいた。

メイドがドアをノックし、扉を開けてきた。

「恐れ入ります。何か割れた物音が……」

「花瓶を割ってしまったの」

「すぐに片付けます」

「結構よ。……しばらく、こうして眺めていたいの」

私は彼女に向かって微笑んだ。悪女キサラ・アーネストとしての微笑みで。


──私は、すぐに『悪女』としての行動を実践した。

泣き寝入りなんて似合わない。欲しいものは貪欲に求め続ける。

誰かの操り人形になる人生なんて、悪女《キサラ・アーネスト》らしくない。

「待ってて、アッシュ。……クラーラ」

「ふざけるな！」

テーブルの上に投げ出される手紙。

そこには怒りが込められたエイゼリア語で、婚約白紙撤回の旨が書かれていた。

「どういうことだ、エイゼリアの成金風情《ふぜい》がキサラ・アーネストを拒絶するだと⁉」

「『悪女』でも公爵令嬢なら受け取ってくれるって、当てが外れたわねえ？」

「ッ……」

フルニエール男爵が怒った眼差しでこちらを見る。

「あなたも声を荒げて怒ることがあるのね？　フルニエール男爵」

私は手紙を無視してティーカップを傾ける。

エイゼリアの紅茶はやはり美味しい。この味を日常的に楽しめる権利をふいにしてしまったことは勿体ないように思うけれど、賽《さい》を投げてしまったのだからしょうがない。

いつも嫌味ったらしく整えていたフルニエール男爵の髪は乱れ、汗が壮年の頬を伝っている。

こうして男性に凄《すご》まれても落ち着いていられるようになったのは、アッシュとの日々のおかげだ。

「キサラ・アーネスト。君が余計なことをしたのではないだろうな？」

「私がデイヴィズ男爵に対して、何かするわけないじゃない。せっかくこの国から逃げられるのよ？」

　いけしゃあしゃあと言う私。もちろん嘘は言っていない。

　私が密かに手紙を送ったのはデイヴィズ男爵ではなく、エイゼリアのとある有名劇団の、駆け出しで無名に近い俳優相手なのだから。

「他のエイゼリアのコネクションを探さなければ……ああ、冗談じゃない。こんな悪評だらけの小娘の貰い手など、他には……」

「大変ねえ」

「ふざけるな！」

　大声で怒鳴りつけられても、私は『悪女』らしく静かにお茶を口にする。

　そしてたっぷり余裕を見せた態度で、笑顔を作って返す。

「でも私は先に破談になって満足よ。取り繕って私をエイゼリアに嫁がせては、かえって後々あなたの迷惑になりますものフルニエール男爵。あちらで正式に書面を交わした後に悪評を知れば、デイヴィズ男爵の怒りはこの比ではないわ」

「君はそれでいいだろうが、こっちは」

「まあまあ。落ち着いてちょうだい。話したいことも話せないわ」

「っ……この期《ご》に及んで何を、」

「私にハリボテを着せて嫁がせるより、きっとあなたにとっても良い話よ」

　今にも殴り掛からんとするフルニエール男爵に、私は微笑む。

「デイヴィズ男爵令息に嫁がせる令嬢を用意できると言ったら、どうする？」

男爵の瞳の中には、『悪女』然と微笑む私が映っている。

「……他の令嬢だと？」

ぴた、とフルニエール男爵の動きが止まったが、すぐ彼は鼻で笑う。

「嘘を言うな。アーネスト公爵令嬢と同家格の令嬢など、この国には……」

次第に、彼の瞳が何かを思い出した色になる。

「いるでしょう？　格で言えば同じ。評判で言えば上の令嬢が、たった一人」

私はゆっくりと、あるご令嬢の名を口にした。

「クラーラ・ロンベル公爵令嬢。彼女を見つけ出して、交渉するのはどうかしら」

「……本気か？」

「本気よ。デイヴィズ男爵は私より彼女の方を欲しがるのではなくて？　そして彼女だってきっと、喜んで嫁ぎたがるはずだわ」

「しかし、彼女の婚約者は……いや、この状況では……」

フルニエール男爵は口元を覆って遠くを見つめて計算を始める。私が何を提案しているのか、その提案がどれだけ旨みがあるのか、ようやく気づいたようだ。

「数日前に、王族が市民活動家に捕えられたのでしょう？　そこに彼女もいるはず」

貴族が襲撃を受けた際、王族は恐怖に駆られて逃亡を図った。彼らは臣下である貴族を守ることも、怒り狂う国民をなだめる試みもしなかった。

彼らの行動に激怒した市民活動家たちは王族と、同じ場所にいたロンベル公爵家を同時に捕らえた。

もちろん他の貴族たちのように暴力的な襲撃はせず、実質的に軟禁状態に置かれているようだったが。

「王太子の婚約者であるクララ・ロンベル公爵令嬢も、その時一緒に捕えられたとは聞く……」

「軟禁されている正確な場所を調べて欲しいわ。あとは私がなんとかする。市民活動家のリーダーと顔見知りなの」

胸を張って言う私を、胡乱《うろん》げに見下ろすフルニエール男爵。

「……そのまま逃亡するつもりではないだろうな？」

「逃亡なんてできると思う？　あなたが一言キサラ・アーネストの存在を彼らにバラしてしまえばおしまいなのよ。仮に失敗しても、私が活動家に捕縛されて、酷い目にあって終わり……それだけ。あなたも私を消す必要がなくなってちょうどいいわ。ね？　とっても都合がいいと思わない？」

名案でしょう？　と言わんばかりに、私は微笑んで両手をぱちんと胸の前で合わせる。

「確かに、こちらのリスクはほとんどない。だが上手《うま》すぎる話だ」

「代わりに上手くいけば、アッシュの扱いを正当なものにして。彼を安全にヴィルカス連邦に返すために力を貸してちょうだい」

「絆されたか、キサラ・アーネスト」

「解釈はご自由に」

「……ふん」

フルニエール男爵は怒りのような不満のような、腑に落ちたような、複雑な感情を噛み締めるような表情になり、どっかりとソファに座って紅茶を呷《あお》る。

そして私に、脅すように低い声で言った。

「君の案に乗ろう。しかしこれが最後だ。……小娘の浅知恵で全てがうまくいくと思うなよ？」


午後。私は晴れてアッシュと会う許可が下りた。

フルニエール男爵の別荘を飛び出し、石畳を駆け抜け、私はアッシュの暮らす宿へと走った。

逸る気持ちで階段を駆け上がり、アッシュの部屋のドアをノックする。

少し間をおいてドアが開く。

記憶にあるアッシュそのままの顔に、私はいろんな感情が湧き上がってくるのを感じた。

感動する私の前で、アッシュは怪訝そうな顔をした。

「……おい？　キサラ？」

名前を呼ばれた瞬間、全てが元に戻ったような錯覚を覚える。

私は落ち着くように深呼吸をして、アッシュを見上げて告げた。

「アッシュ。落ち着いてあなたと話がしたくて来たの」

「だが、会っちゃ……」

「フルニエール男爵の了解は取ってる。……あなたと、きちんと話したくて」

唇を引き結んだアッシュの双眸に私の顔が映っている。

じっと考え込んだのち、アッシュは私に背を向けた。

「……わかった。許可が出ているなら、入れよ」

質素な部屋にはきちんとベッドメイクされたベッドと、ゴミ一つない小さなテーブルセットが置かれていた。その部屋の使い方一つにもアッシュらしさを感じて、懐かしくなった。

アッシュは私に椅子に座るように促すと、お茶を淹れてくれた。

「フルニエールのおっさんがよこしたやつだから、それなりの味だぜ」

「ありがとう」

アッシュはテーブルを寄せてお茶を淹れ、椅子を引き寄せて私の正面に座る。

そして長い足を組んだ。

「で、話って?」

「その前に、まずは改めて謝らせてほしいの。……死に戻り《ループ》……あなたの言う、『時巡り』のことについて」

アッシュの表情が固くなる。私は頭を下げた。

「ごめんなさい。アーネスト公爵家の父と娘で、あなたの幸せも希望も壊してしまって」

アッシュは黙っている。私は続けた。

「もう何も元には戻せない……そのお詫びに私に何ができるのか教えて」

掠れた声で、アッシュは言った。

「あんたはアーネスト公爵の娘だった、それだけだ。時巡りだってわざとじゃない。……俺に詫びる義理はない」

「あるわ。私は、自分の罪から逃げたくないの。……この新聞、知ってる?」

私は新聞をアッシュに手渡した。

「私の家族——アーネスト公爵家の人間はみんな処刑されたの」

アッシュが目を瞠る。私はゆっくりと頷いた。

「父、義母、兄、揃って私刑を受けた末に、王都広場の処刑台でね」

「……それは、……」

「そんな顔をしないで。私は……仕方のないことだと思っているから。それに今だから言えるけれど、時巡りの間中ずっと、私は家族か王太子の誰かに殺され続けていたの」

アッシュが弾かれるように私を見つめる。

「嘘だろ」

「嘘じゃないわ。父や、兄に殺されたり、王太子に……酷い、拷問をされたりしながら」

アッシュの瞳が揺れている。

「そう、だよな……。あれだけ虐待されていたあんたが……時巡りの中で……平気なわけがない」

私は「終わった話よ」と笑って、話を続ける。

「だから家族の死に対しても悲しいって気持ちは……残念だけど、あまり湧かないの。だから辛い顔をしないで。何度も繰り返す間に薄情になってしまったのでしょうね」

「……そうなって当然だろ……」

アッシュは呻くように呟く。青ざめた彼に私は急いで言葉を足す。

「話を戻すわね。とにかく私の家族は処刑されたわ。けれどきっと反省もせずに、処刑すら逆恨みしながら死んだと思うの。……処刑される運命を理不尽だ、不幸だと思って……罪と向き合うことから逃げたまま。そういう人たちだったもの」

私は言葉を切る。

今回の処刑には同行していないけれど、彼らがどんな反応をする人たちか、死に戻り《ループ》の中で知っている。何度処刑されても、何度市民活動家たちに糾弾されても、彼らはずっと己を正当化し続け、己の罪を認めようとしなかった。

私は――彼らと同じにはなりたくない。

「私は逃げたくない。アーネスト公爵家の娘として、ヴィルカス侵攻を阻止できなかった罪からも、『女神の右目《あなたの希望》』を使ってしまった罪からも逃げない。もちろん、それ以外の罪も――親兄弟《アーネスト公爵家》を見殺しにした罪も、悪女として暴れ回って国を傾けてしまった罪からも。だからまず最初に、あなたにちゃんと謝りたかったの」

「……」

「もちろん許さなくてもいいわ。……じゃあ、それだけ言いたかったから」

立ちあがろうとした私に、アッシュが強い視線を向けた。

「待てよ。謝ってすっきりして、それで終わりのつもりじゃないだろうな」

確かに。これだけでは私の自己満足でしかない。

私は座り直して、アッシュの前で背筋を伸ばして言った。

「してほしいことがあるなら言って。私はなんでもするわ」

「…………俺の罪を聞いてほしい」

意外な言葉に目を瞬かせる。

「罪……？」

アッシュはぎゅっと眉根に皺を寄せ、続けた。

「集落を守れなかった罪、『女神の右目』を守れなかった罪だ。失敗を帳消しにするために『女神の右目』を探しだし、全てをなかったことにして逃げたいと思っていたのは、俺の方だ。……現実と向きあう勇気もないまま」

「そんなことないわ。だってアッシュは、被害者で――」

言葉を遮るように、強い眼差しが私を射る。

「集落の宝のせいで、あんたが時巡りで酷い目にあった。それは事実だ」

「アッシュ……」

「……すまない」

アッシュは両手の指を組んだ。祈るように、詫びるように、固く絡め合った指先に目を落としながら、彼は絞り出すように続ける。

「……本当に悪かった」

沈黙が場を支配した。

私はどうしようか悩む。立ち上がり、アッシュの隣に座った。

アッシュの肩が震える。私は固くこわばったアッシュの手をとり、両手で包み込んだ。

「キサラ……」

「確かに辛かったけれど、私は後悔していないわ」

アッシュの瞳が大きく見開かれる。海の色をした瞳に強く頷いた。

「私、死に戻り《ループ》がなければ弱くて死ぬだけの存在だった。死んで楽になることばかり考えて、逃げることもできずに、弱虫で、儚《はかな》いだけの。……でも、何度も苦しんだおかげで絶対生きてやるんだから！　って思えたし、頑張ろうって力が湧いたのよ。それにいろんな知識も得られなかったし、自分の辛さしか知らないまま――ヴィルカス連邦の皆さんの苦労も知らないまま終わっていたわ。何よりアッシュに出会えてなかった。……幸せよ、私」

しばらくの間、アッシュは驚いたような、眩しいものを見たかのような眼差しで固まっていた
――そして、くしゃっと目を細めて笑った。

「負けるよ、あんたの強さには」

「あなたのおかげで強くなれたのよ」

「……幸せになれよ。あんたくらい強い女なら、エイゼリアでもなんとかなるさ」

「あ、その話」

まだ言っていなかったと、私は口を押さえる。アッシュが首を傾げた。

「ん？」

「……なくなっちゃった」

私が肩をすくめて笑う。アッシュが変な顔をする。

「結論から言うと、婚約は他人に譲ることにしたの」

「……はああ⁉」

アッシュが素《す》っ頓狂《とんきょう》な声をあげる。私はつい、口を開けて笑ってしまった。


——その後。

私の説明を聞いたアッシュが、簡単にまとめてくれた。

「つまり、結婚させられそうになっていたデイヴィズ男爵令息が、クラーラ公爵令嬢と恋仲だった俳優オリバーだと突き止めた。そこで、二人をくっつけるために一役買うことになったのか」

「ええ。話が早くて助かるわ」

私は頷いた。

フルニエール男爵が私を嫁がせようとした、デイヴィズ男爵令息。

エイゼリアの成り上がり男爵が、失恋して失意の息子オリバーに対して「外国の公爵令嬢」を娶らせようとするなんて、妙だと思ったのだ。

つまり、オリバーが失恋した相手は『イムリシア王国の公爵令嬢』なのでは——と。

「婚約破棄された私の代わりに王太子の婚約者になっていたクラーラに、ハッピーエンドをあげたいの。……本当に愛している人と幸せになるために」

私はあの舞台を思い出す。

カーテンコールを迎えた舞台に、花束を差し出すクラーラ。彼女を見て、優しい目をしていた俳優の姿。――二人は、恋仲だった。

「だがキサラ。どこで証拠を掴んだんだ、外国の話なんか」

「以前読んだ、例の舞台のインタビュー記事を思い出したの。そこでフルニエール男爵のアドレス帳を盗み見て、インタビューした記者に直接連絡を取ったのよ」

「簡単に盗み見たって言うけど……一体どうやって」

「フルニエール男爵の夫人と娘たちを籠絡《ろうらく》したのよ」

私はウインクをした。

「彼女たち、実は『悪女』キサラ・アーネストのファンだったの」

「は……はあ⁉」

「ふふ、一緒に暮らし始めてからずっと、夫の愛人とでも思われていたから敬遠されていたけどね。一《いち》か八《ばち》か、正体を明かしてみたらファンだったみたいで。母娘《おやこ》揃ってサイン責めをしてくれたわ」

「なんつー危ない博打《ばくち》に出たんだ……最悪殺されてたぞ」

「結果が良ければ全てよし、よ」

私は舌を出す。

「逆にキサラ・アーネストとバレて嫌われて『なんとしても追い出したい』と思われるのも都合が

良かったからね。……そして彼女たちの力を借りて、男爵の名前を使って、堂々と人間関係の調査をしたり、連絡をとったりしたのよ」

妻子に無関心すぎるフルニエール男爵の雑さが功を奏した。

アッシュは呆れた顔をして、言葉も出ないといった様子だ。

「怖《こえ》えな……女……」

「ふふ、女の敵は女でもあるけど、女が憧れるのもまた女よ」

私はにっこりと笑った。

「そしてオリバーと連絡をとって、『クラーラと結婚させられるかもしれないから、協力して』って手紙を書いたの。そしたらオリバーは実家に帰ってキサラ・アーネストの『悪女』としての評判をぶちまけて、父親デイヴィズ男爵を怒らせてくれたのよ――フルニエール男爵は私の悪評を隠して押し付けようとしていたみたいだったから」

「そして、あんたは無事にお役御免。代わりにクラーラを助けることになった……と言うわけか」

「ええ。……今は掴んだ情報を使ってフルニエール男爵に頼んで、クラーラがどこに捕えられているのかを調べてもらっているわ。居所がわかり次第、助けに行くつもりよ」

「あんた一人でか？」

「一応」

アッシュは気色《けしき》ばんで身を乗り出した。

「ふざけんな、死ぬ気か⁉」

「で、でも……あなたを巻き込むのは、ちょっと抵抗があって……」

「…………行くに決まってんだろ。見捨ててあんたが死んでも気分が悪い」

「それは私の勝手だから、別に気にしなくても。そうそう、私がどうにかなってもアッシュの今後はお願いするってフルニエール男爵に」

「信じられるか、あのおっさんが！　ってか、そういう問題じゃねえだろ」

アッシュは私の手をぎゅっと握る。そして強い眼差しで訴えた。

「いいか。あんたなんでもするって言ったよな？」

「い……言ったわ。確かに」

「今後一生、一人で危ないことに首突っ込むな。俺が側にいる」

「……でもそれじゃあ、アッシュはずっと楽になれないんじゃないの？」

宿敵のアーネスト公爵家の娘とずっと縁が続くのは、アッシュにとっては最悪なのではないだろうか。そう思って首を傾げる私に、アッシュはますます凄んで言った。

「楽になるとかならないじゃねえんだよ。言っただろ、俺もあんたに負い目があるんだって。俺にも償わせてくれ。故郷の宝のせいで、何の罪もないあんたが、ずっと苦しみ続けてきたことを……故郷の生き残りとして俺はあんたに、償う責任がある」

「だってあれは父が勝手に奪って私に渡したもの。あなたに何の責任も」

「それを言うなら、あんただって同じだ」

私の言葉を遮り、強い言葉でアッシュは言った。

「アーネスト公爵の娘に生まれた、ただそれだけだ。あんたが父を止められたか、政治を止められたか？　虐待されて、毎日が生きるので精一杯だったあんたが、誰にも恨まれる謂れはない」

「……アッシュ……」

「なのにあんたは全てを引き受けようとしている。自分の罪なんかじゃないのに、虐待してきた父親の遺した罪なのに」

「でも」

「わかってる」

遮ろうとする私に、アッシュは言葉を重ねる。

「……わかってるよ。キサラは背負わないと納得できねえんだろ？　あんた自身の覚悟として。……なら俺もキサラの側にいる。俺に『女神の右目』があんたに与えた苦痛の責任をとらせてくれ」

怖いくらい真剣な眼差しで、アッシュは訴えた。誠実な人だと思った。

胸の奥が温かくなっていく。私は――アッシュのこういうところが好きだ。

私は微笑んで言った。

「ありがとう。優しいのね、アッシュって」

アッシュは溜息をついて前髪をかきあげると、ぐっと紅茶を飲み干した。耳が赤い気がする。

アッシュも気恥ずかしかったのだろうか。

――気がつけばすっかり夕暮れ時だった。

「夕飯どうするんだ？」

「さあ。でもせっかくだから、久しぶりにアッシュの料理をいただきたいわ」

そんな風に軽口を叩きながら、私たちは村の食堂へと向かい、閉店間際の残り物を貰ってアッシュの部屋へと戻った。

小さなランプの明かりの下、野菜が煮込まれてクタクタに溶けたスープを、アッシュの魔術で軽く温め直して残ったパンを浸して食べる。粉にして振りかけたハードチーズも不揃いの見切り品だったけれど、最近食べたどんな夕食よりも美味しかった。

「しかし」

アッシュが私をまじまじと見て言う。

「まさか、キサラがヴィルカスの血をひいているなんてな」

「私も驚きよ」

肩をすくめる。

「けれど……もう顔もあまり思い出せない母の生まれが、こんな風に繋がるなんてね」

「だからキサラなんて名前なんだよな」

前も同じようなことをアッシュは言っていた。

「ヴィルカスではよくある名前なの？」

「いや……ただ、ヴィルカス人はあちこちに行商や傭兵《ようへい》で国を離れ、戻ってくる人が多い。その影響で遠い国由来の名前や単語が時々残っているんだ。キサラもその手の名前だ。……親戚はまだ生きてるのか？」

「どうかしら？　私は母のことはほとんど知らないから……」

「キサラの名前の意味、知りたいか？」

アッシュの突然の言葉に、私は反射的に顔を上げる。

「知りたいわ。教えて」

「……『願い』だよ」

アッシュは微笑んだ。今まで見たことがない、優しい顔で。


フルニエール男爵はたちまち情報を掴んできた。

よほど早くこの件を片付けたいのだろう。捕縛先は王都から西の街、ケルシー。ロンベル公爵家の領地と王都を結ぶ街道から少し脇に逸れた、運河に面した海運の街だった。

フルニエール男爵は私に二枚のチケットを渡した。

「今回は汽車を使え。なんとしても早く片付けてこい」

「汽車は貴族だと露見したら危ないのではなくて？」

「車両ごと買収した」

心労が祟《たた》ったのだろう、数日で少しやつれた様子のフルニエール男爵が、むすっとして答える。

「まあ」

「ロンベル公爵令嬢を確保できなかったら切り捨てる。いいな」

「わかったわ、ありがとう男爵。必ず期待に応えてみせるわね」

早速私とアッシュは変装して馬車で近くの駅まで向かい、そこから汽車を乗り継ぎ、ケルシーへと向かう旅へと出た。

秋が深まり寒くなってきたので、アッシュはロングコートを羽織っていた。

無骨なコートはアッシュによく似合っていて、背が高い彼の足捌《さば》きに合わせて重たい裾が揺れるのが美しいと思った。私はというと、スカートの形に合わせてAラインを描くタータンチェックのコートを新調した。靴もアッシュに選んでもらって滑りにくいブーツに変えたので、歩き心地がふわふわとして心地よい。汽車で切符を検めた駅員も、これから市民活動家の拠点に乗り込むキサラ・アーネストとは思わないだろう。

王都の騒乱はアーネスト公爵家の炎上で一旦収まったらしく、地方都市のごく普通の人々の暮らしは表面上だけでも穏やかに見えた。

「このまま国は平和になる……わけ、ないわよね」

「当然だ」

アッシュが答える。

「他国に嫁いだ王族の介入もはじまっているし、市民活動家もただ暴れるだけで済む局面から、交渉の局面に入ってきている。……まあ、このままどこかの王族の血筋を王宮に迎え入れて無難に済ますんだろうな」

「貴族を廃した国には……ならないと思うのね、アッシュは」

「それだけ強力な平民がいる国ならまだしもな。……平民同士の処刑し合いが始まらないうちに、なんとかなるといいな」

「恐ろしいわね、革命って」

「汽車が動くからまだましさ。乗るぞ」

「ええ」

私とアッシュは扉付きの一等車両のボックス席に座り、二人で各地で出回る新聞とビラ、フルニエール男爵が集めた情報を読み漁っていた。

「ヴィルカス人として、この国はどうなってほしい？」

「は？　決まってんだろ。ぶっ潰れちまうしかねえだろうな、こんな国」

「ふふふ、正直ね！」

「……まあとにかくヴィルカス連邦《こっち》と友好的なトップになるのを願うばかりだ」

汽車が停車する。窓の外には息を白くした売り子の子どもたちが、ココアを手に窓を叩いてくる。

アッシュが私に説明してくれる。

「買ってカップを受け取って、汽車を降りるときにカップを駅で回収する仕組みになってるんだ。この辺りの子どもの良い小遣い稼ぎだな」

「飲んでみていい？」

「好きにしろよ」

私は窓を開き、ココアを二人分とチップを渡した。元気に走り去っていく姿を見ていると、再び列車が動き出す。私からココアを受け取りながらアッシュが尋ねる。

「あんたとしては、どうなって欲しいんだ？」

「……私のせいでめちゃくちゃになったようなものだから、また平和な国に戻ってくれるなら、どんな人が支配してくれても構わないわ」

私の言葉に、アッシュがなんとも言えない顔をする。

「変なこと言ったかしら」

「あのさ、この間は黙って聞いてたけど。自分のせいで国が――って、それあんた考え過ぎだからな。公爵令嬢だとしても、ただの小娘だろ」

「でも」

「あんたが悪行を暴露しまくったのは本当さ。だが民衆もばかじゃない。貴族社会の腐敗に気づいていたからあんたの話を信じたんだ。そもそも暴露されて困るほど腐っちまってた方が悪い」

「……でも……」

「それにだな？　あんたが酷い目にあってるのに誰も助けてくれなかったんだろ、貴族社会は。時巡りを何回もしても」

「……ええ」

「な？　誰も助けてくれなかったのに、自分は助けなきゃって、フェアじゃねえんだよ。自分を大事にしろよ」

「……フェア……まあ、確かに……」

「あんたは生きるために俺と逃げ出して、噂話を暴露して活路を得たんだから、あんたが完全にシロとは言わないにしろ、貴族の断罪も没落もそっちの問題だ。あんたを大事にしてりゃあ起こらなかったことが起きただけだ。誰か一人でも助けてくれたなら、あんたは同じ行動をしなかっただろ？」

アッシュはいつになく饒舌《じょうぜつ》に、丁寧に、私に言い聞かせてきた。

私は話を聞きながら、そっとココアに口をつける。

「あち……」

「何やってんだ、火傷《やけど》するぞ」

「ふふ、思ってたより熱かったわ」

「それでいいんだよ」

「えっ？」

「あんたは神妙にしてるより……そうやって笑っててくれた方が安心する」

——もしかして私が暗い顔をしていたから、ずっと「私が悪いだけじゃない」と言ってくれていたのだろうか。アッシュは。

「それに」

窓枠に肘をついて口元を覆い、アッシュは付け足すようにつぶやいた。

「……笑ってると、結構可愛いんだからさ」

「アッシュ？」

なんだか聞き慣れないことを言われた気がして、思わず顔を見る。

アッシュは話は終わりとばかりに、顔を窓へと背けて目を閉じた。耳が赤い。

もう一度言って欲しい――そう頼もうとした瞬間、汽笛が鋭く鳴り響く。

大河を渡る石橋に差し掛かったのだ。目的地が近い。

明日は市民活動家の拠点に乗り込む。

失敗すればアッシュはともかく、私はただでは済まないだろう。

それでもなぜか怖くなかったし、うまくいく自信にすら満ちていた。

アッシュが側にいるというだけで、なんて心強いんだろう。


ケルシーの駅にて。

アッシュと私は護衛としてついてきてくれていたフルニエール男爵の従者と別れの挨拶をした。

「期限は三日。それ以内に戻ってこなければ、あなた方のことは見捨てます」

「もちろんよ。……ここまで送ってくれてありがとう」

護衛は感情の読めない顔で黙礼すると、汽車の中へと消えていく。去っていく汽車を見送り、私たちは一緒に拠点へと向かった。

ケルシーの街は大河に面しているからか、街のあちこちがどこか開放的で華やかだ。川沿いにはベンチが並び、軽食を提供する飲食店と散歩を楽しむ人々が平穏な時間を過ごしている。遠くには青く霞んだ山も見える。イムリシア王国で唯一の山岳地帯が、ここからはよく見えるのだ。

「……ここは故郷に似てるな」

アッシュが呟く。私は驚いてアッシュの顔を見た。

「アッシュの故郷、森の中だと思っていたわ」

「森もあるけど、都市部はこれくらいには栄えてるよ。何？　俺らのこと山小屋に住んでるだけだと思ってた？」

「ちっ！　っ違うわ！」

図星《ずぼし》を突かれて慌てると、アッシュは見透かしたように目を細くする。

「半分くらいは合ってるよ。俺が住んでたローインズ集落はそんな感じだ。うちの国は閉鎖的っつーか……国内の情報がなるべく外に出ないよう努めているから、知らなくても当然だ」

「…………そうだったのね……」

「結局それが行き過ぎて、あんたの父親から攻撃されたんだから世話ないよな」

話を聞きながら思う。アッシュは少し変わった。

故郷の話をしてくれる時の表情が柔らかくなってきたと思う。

いつも影を纏っていた気配が和らぎ、眉間に皺が寄ることも減った。

華やかな大通りを歩きながら、私は聞きやすさに甘えて更に尋ねてみた。

「アッシュって、州議長の息子さんだったのよね？」

「ああ」

「やっぱり婚約者とかいたの？」

「…………は？」

「いえ……よく考えたら、そういう人がいるのなら、私がこうしてずっと引っ張り回してるのも彼女に迷惑かなって。もしいるならちゃんと挨拶しないと」

アッシュが複雑そうな顔をしている。

何かまずいことを言ったかしらと思って、ハッとする。

「ごめんなさい！　もしかしてもうご結……」

「じょ、冗談じゃねえよ！　してんならこんな生活してるわけねえだろ！」

「そ、そう？　いないのなら良かった、安心したわ」

「嘘はつきたくないから言うけど……一応婚約者はいた。一応、な」

「えっ」

アッシュは溜息をついて、髪をがしがしと掻く。

「次男だから婿《むこ》入り先としてな。だが故郷を出る時にあっちから婚約破棄された」

「……好きだったの？」

「好きも何も。顔合わせを数回しただけの、他の集落の神官の娘だ。州議長家と神官家を繋ぐ政略結婚だったが、俺が復讐に行くと聞くなり『穢れは持ち込めない』と書面だけで縁を切られた」

「……なんだか悪いこと言っちゃった？」

おずおずと尋ねる私に、アッシュは目を眇めて意地悪そうに笑った。

「残念だったな？　決まった相手がいる男じゃなくて」

「いえ、いてもいなくても、アッシュはアッシュに変わりないから、なんだっていいけど……」

「じゃあ脈があるってことか？」

「脈？　……ええと、多分王国とは違う意味の単語だわ。脈って何？」

「……可愛いやつだなって意味だよ」

「えっ」

「ほら、見えてきたぞ。しっかりしろ悪女」

アッシュが正面を顎で示す。大通りの突き当たりに劇場が見えていた。古くから貴族の社交場として栄えていた老舗《しにせ》の劇場で、私も訪れたことはないけれど、耳にしたことはあった。

「やっぱり閉鎖されている……のね。まあそりゃあ、拠点にされているのなら当然だけど」

看板が下ろされたそこは今や市民活動家の垂れ幕があちこちに下がり、武装した活動家が近辺をうろうろする危険な場所になっていた。

街並みはひどく穏やかなのに、その一帯だけ剣呑《けんのん》な空気が漂っている。

「一般市民には危害を加えないことで、受け入れられている感じなんだろうな」

「行きましょう」

劇場に近づくとすぐ、私たちは市民活動家の腕章をつけた青年たちに囲まれる。私とアッシュは素直に両手を上げ敵ではないことを示す。

「お前らはなんだ」

私は笑顔で一歩踏み出す。敵意を示したくない時は、無力な女の方が口を開いた方が有利だ。

「私はキセリア、こちらはアッシュ。私たちはヴィクトーの知り合いよ。アーネスト公爵家襲撃の時にお世話になったメイドとヴィルカス人と言えば、わかるわ」

「……待っていろ」

青年は他の仲間たちに耳打ちすると、劇場の奥へと入っていく。剣呑な視線を浴び続けて数分。軽い足取りでヴィクトーが奥からやってきた。少し髪が伸びて、疲れている様子に見えた。

「久しぶりですね。どうしたんですか？」

ヴィクトーが目配せすると青年たちは両手を背中で組み、私たちから離れていく。ほっとして私たちは笑顔で握手を交わす。

「面白い方を捕まえたと聞いて、見物に来たのよ」

ヴィクトーの切れ長の目が光る。

「……へえ。耳聡《みみざと》いですね？」

私たちはホールに入り、そこから中央階段を歩いて奥へと案内される。

「それといい話を持ってきたの。あなた方の活動が海外にまで広まっているという件と、相談よ」

「へえ。キセリアはいつも面白い話を持ってきてくれますからね、期待してますよ」

シャンデリアもカーペットも汚れ、あちこちに武器が立てかけられていて往年の美しさは形無しだ。通りかかる活動家の人々が皆ヴィクトーに向かって丁寧な辞儀をする姿だけが、この劇場によく似合っていて奇妙な雰囲気を生んでいた。

応接間として使っているのは劇場の控え室だった。けばけばしい部屋の真ん中に椅子とテーブルを置き、彼は私に尋ねる。

「念のために聞かせてください。面白い人、とは誰のことを指しているのですか？」

「クラーラ・ロンベル公爵令嬢よ」

穏やかな表情を崩さず、ヴィクトーは私を見据えてさらに尋ねる。

「どこで情報を得たのですか？」

「フルニエール男爵よ」

「……ゴシップ新聞で儲けるあのフルニエール広報社の……ですか」

ゴシップ、という辺りに引っかかった顔をして、彼は少し身を乗り出す。

「キサラ・アーネストの記事で一儲けしていたでしょ？　私も儲けられるかなと思って、しばらく仕事をしてたの。あの『悪女』のゴーストライターなんかもしてね。そこで記者が話しているのを聞いちゃったのよ。クラーラ・ロンベルの情報をいつ記事にするか相談しているのを」

彼の顔が真顔になる。ゴシップ記事で大袈裟に騒ぐフルニエール広報社に情報を掴まれていると知り、彼も対策が必要だと思ったのだろう。

私は微笑んで身を乗り出す。

「ひどいと思わない？　広報社の連中は早速酷い記事を書こうとしてるのよ。クラーラ令嬢を辱《はずかし》めているんじゃないかとか、すでに孕《みごも》っているとかね」

――その瞬間。ヴィクトーはナイフを取り出し机にダン、と刺した。

「冗談じゃない！」

アッシュが反射的に私を庇う。そのまま、恐ろしい目をしたヴィクトーを睨んだ。

「おい。俺の女に何してくれんだ」

「……君の女《ひと》がひどいことを言ったからですよ」

「こいつは情報を伝えただけだ。八つ当たりしても醜聞の捏造《ねつぞう》は止められねえぜ？」

「そうですね……申し訳ありません。感情的になってしまいました」

咳払いし、髪をかきあげるヴィクトー。しかし瞳は据わったままだ。

強張《こわば》ってしまった腕を擦《さす》りながら、私は余裕ぶった笑みを作る。

「謝らないで。それだけヴィクトーにとって、人質の身の安全は大切なことなんでしょう？」

「ええ……我々の信念を疑われてはならない。婦女に対するやましい思いから実行しているのだと思われることは、断じてあってはならないのです」

「頼もしいわ」

彼はアーネスト公爵家襲撃の以前からも、厳格に男女の住まいを分けていた。荒《すさ》んだ空気はあっても娼館や歓楽街のようないやらしい様子がなかったのは、リーダーである彼が潔癖な証拠だった。

「私もヴィクトーが誤解されるのは嫌なのよ。決して悪い話じゃないから、聞いてちょうだい」

私は足を組み直し、話を切り出した。

「もう一つの重大情報よ。キサラ・アーネストがエイゼリアの成金と結婚して、海外逃亡しようとしていたのは知ってる？」

「なんだって？　あの悪女が？」

「もちろんすぐに悪評が邪魔をしてご破算になったけどね」

その時、私を遮って話を始めたのは——アッシュだ。

「続きは俺に話させてくれ」

「アッシュ？」

「あんたはキサラが憎いあまりに、内容がおかしくなりやすい。俺に話させろ」

「……いいけど」

打ち合わせとは違う展開だった。私は困惑しつつ頷く。

するとアッシュはとんでもないことを言い出した。

「キサラ・アーネストは悪女ではない。……あいつは全部の罪を押し付けられてきた女だ」

「ちょっ……！」

私を無視して、アッシュは続ける。

「よく考えてみてくれ。本当に悪いやつなら、わざわざ貴族の醜聞を平民に広めるか？　己を悪くいうような発言をたくさん流すか？　それをあの金に汚いフルニエール広報社がただ自伝を書かせるだけで済ませるか？　……あいつは、違うんだよ」

「気になる話ですね」

ヴィクトーが顎を撫でる。

「俺はキサラ・アーネストに救われた」

ぴく、とヴィクトーと他の人たちが反応する。顔を見合わせる。

「……俺の仲間もキサラ・アーネストに救われた。ここにきたのも彼女から頼まれたからだ。……傷ついたクラーラ・ロンベルを本当に愛する人の元に逃してやってほしい、と」

「もっと聞かせてください」

ヴィクトーはもちろん、その場にいた全ての市民活動家が注目していた。

私は言葉を失い、血の気が引く思いで黙り込んだが、アッシュは冷静に話を続けた。

「彼女は自分が婚約破棄されたことで、サディストの王太子の相手をクラーラがしていることに胸を痛めていた。だから彼女はフルニエール男爵の縁故を通じて、クラーラの思い人を見つけ出した。彼女と彼が逃げられるように」

「ヴィクトー、信用していいのでしょうか」

側近らしい青年が、困惑気味に尋ねる。ヴィクトーは頷いた。

「信用していいでしょう。実は俺も怪しいと思っていました――キサラ・アーネストはあまりに評判が悪い割に、実際には被害者が名乗り出て来ないのです。溢れるのは噂話ばかりで……」

ヴィクトーは語る。そして視線をこちらに向けられる。

私も仕方ないので話を合わせることにした。

「……そうね。確かに……私も直接は……」

「あの屋敷で働いていたキセリアがそういうんだから間違いないさ」

アッシュが言葉をかぶせるように断言する。私は、どんな顔をすればいいのかわからなくなった。

ヴィクトーは「わかりました」とつぶやき、話をまとめた。

「……キサラ・アーネストがどんな人間であれ、少なくともアッシュを救ったこと、悪評の信憑《しんぴょう》性がないこと、そしてクラーラを救おうとしていることは間違いありません」

脚を組み直し、言葉を続ける。

「実は我々もそろそろ貴族家との縁も、一つは作っておこうと思ってました。歴史を紐解けば、市民による革命は後ろ盾が弱く、簡単に潰されます。今後を考慮し、ロンベル公爵家との繋がりを作っておくのは、決して悪いことではないと思います」

「しかしヴィクトー様」

他の男が言葉を挟む。

「クラーラ嬢、逃がしてやった後に手のひら返しで復讐してくるかもしれませんよ」

「貴族を全て粛清《しゅくせい》し尽くすのは無理です。縁戚関係者が海外にはたくさんいるのですから。ならば今のうちに有力者に恩を売るのは悪くありません」

ヴィクトーは私を見た。

「キセリア。クラーラ公爵令嬢との交渉は、女性のあなたにお任せしても？」

「ええ。任せて」

そしてヴィクトーは、私とアッシュをクラーラの部屋に案内してくれた。

廊下に出て先をゆくヴィクトーの後ろで、アッシュをちらりと見やる。文句の一つでも言ってやりたかったけれど、とても言える状況ではなかった。


クラーラがいる部屋は劇場内の休憩室だった。休憩室と一口にいっても貴族向けなので、応接用のソファセットが置かれた部屋と、その奥のベッドルームに別れたホテルのような部屋だ。

扉の前にはショートカットにした女性の市民活動家が椅子に座って見張りをしていた。

応接用の部屋にアッシュとヴィクトーが待機し、ベッドルームには私と女性市民活動家だけが入ることになった。徹底した扱いだ。

活動家の女性は、私に肩をすくめて言う。

「見て驚くんじゃないよ。牢屋に入れたらすぐに死んじまいそうなくらい、かわいそうでさ……」

応接間を隔てるドアをノックし、いよいよ寝室へと入る。

クィーンサイズの大きなベッドの真ん中に、萎《しお》れた花のような令嬢が横たわっていた。

艶《つや》の消えた金髪に、痩せ細った体。活動家が与えたのだろう、生成《きな》りのワンピースをネグリジェがわりにした彼女は生きているのが不思議なくらい生気を失っていた。

「クラーラ様、面会だよ」

「あ……」

彼女は私を見て目を見開く。

「……あ、……あなたは……確か……」

彼女が私の正体を口にする前に、私は急いで名乗った。

「私はキセリア。アーネスト公爵家でメイドをしていた女です。クラーラ様には観劇会でお会いしております。メイドにもかかわらず顔を覚えていていただいて光栄です」

「……え、ええ」

彼女は私に頷いてくれる。安堵しながら、私はベッドに腰掛けた。

「大変だったみたいですね、クラーラ様」

「……い、いえ……」

クラーラは目を背ける。怯えた眼差し。痩せ細った体。おどおどと何かを気にするような仕草。

袖から覗く細い腕、その内側には丸い火傷の跡があった——煙草だ。

「この傷跡。……ここの人たちではない。そうですよね？」

クラーラはびくりとして、視線を彷徨《さまよ》わせて言い淀《よど》む。私はしっかり彼女の目を見つめた。

「大丈夫。本当のことを言っても危ない目には遭わせません」

そして私は、彼女に耳打ちする。

「キサラ・アーネストがどんな思いをしてきたのか、……私は知っています」

「あなたは……やっぱり……そう、なのね……」

私の言葉に彼女は瞠目《どうもく》する。そしてみるみるうちに涙が膜を張った。

「……これは……王太子殿下に………」

悍《おぞ》ましさに込み上げる吐き気を堪えながら、私は苦々しく唇を噛む。

婚約破棄して以降、王太子の加虐趣味は新たな婚約者であるクラーラへと向けられていたのだ。

私は傷だらけの細い手を取る。

「もしクラーラ様が嫌でなければですが……この国の王族とは縁を切って、エイゼリアの男性と結婚する気はありませんか？」

「結婚、ですか……？　エイゼリアの……？」

突然の提案に、クラーラは困惑を露《あら》わにする。けれど私は、彼女を励ますように続けた。

「お相手の方も失恋したばかりで、消沈してらっしゃるそうなんです。なんでも、イムリシア王国の公爵令嬢と長い間、秘めた恋で繋がっていた方だとか……」

弾かれるように、クラーラが顔を上げる。私は微笑んだ。

「夢を追って、男爵家を家出していた方だとか。……どうでしょう、彼を慰めて差し上げませんか？　きっとクラーラ様と相性がいいと思います」

そして私はクラーラに手紙を渡した。彼が私に送ってきた手紙を。

「うそ……そんな………嘘でしょう……？」

筆跡を見るだけで、彼女は私に抱きついて号泣した――それ以上の言葉はいらなかった。

しばらく私の胸で泣いたあと、彼女は濡れた目で私をみて尋ねた。

「どうして……あなたは、私に優しくしてくださるのですか……？」

「打算です。この国が壊滅してしまえば革命も何もないですもの。お優しい公爵令嬢が、真っ当な男性の元に嫁いでくだされば——そこのご縁から王国が少しでも平和になるかもしれませんから。だからヴィクトーもあなたの解放に賛同してくれました」

クラーラは私の手を頼りにベッドからゆっくりと立ち上がり、隣の応接間へと歩みを進める。

ヴィクトーが彼女のもとへと急いで駆け寄った。

「立って大丈夫ですか？」

「大丈夫です。あなた方に保護されてから、ずいぶん元気になりましたので」

「そうですか……キセリアから話は聞きましたか？」

「はい。結婚のお話、前向きにすすめていただければと存じます。私はこの国がこうなるまで何もできなかった公爵令嬢として——今度こそ、隣国との友好的な縁作りに貢献したいと思います」


一旦今夜は泊まることになり、私はクラーラの話し相手をした。

私がキサラ・アーネストだとは直接は言わなかった。そしてクラーラもまた、エイゼリアの彼との関係については明言を避けた。王太子の婚約者だったのだから当然、他の異性との話は厳禁だ。

王族の暗部を知っているもの同士、密やかな会話は弾んだ。

幾分かすっきりした顔色になったクラーラは、私に微笑んで言った。

「私、キサラ・アーネスト公爵令嬢に当てた手紙を書いたんです」

「まあ、そうなのですね」

私は知らないふりをした。彼女は話を続ける。

「差出人を空白にした手紙だったから、返事は来なかったけれど……雑誌の連載で、彼の情報を出してくれて。……嬉しかった」

クラーラはまっすぐ私の目を見た。

「キセリアさん。どうかキサラ様に伝えてください。彼女の苦難の道に幸あらんことを、私クラーラが祈っていることを。世間がどんなに誹《そし》ろうとも、私はあなたを信じ、あなたに恩返しができるよう努めていくことを……」

「わかりました」

私はキセリアの顔をして頷いた。


話が一段落した時、私は部屋へと戻ることにした。

ちょうどその時、アッシュも打ち合わせを終えていたらしく、ドアの前で偶然出くわした。

私は部屋に入るや否や、彼を見上げてすぐに文句を口にした。

「もう。今日はなんであんなこと言ったの」

「あんなことって?」

「とぼけないで。キサラ・アーネストを擁護するようなことよ」

「必要だからだよ」

「必要って？」

「そろそろあんたも『悪女』の先の人生も考えるべきだ」

アッシュは真面目な調子で、私に言い聞かせるように、落ち着いた声音で続けた。

「キサラ。いざとなった時、味方が一人もいないってんじゃ困るのはあんただ」

「でも……キサラ・アーネストが汚名を雪ぐなんて、考えたらいけないわ」

「違う。考えなきゃいけないんだ」

アッシュが強く言い切った。

「アーネスト公爵家の愚行と、キサラ・アーネストの風評と、あんた自身は全部別物だろ」

「でも、……でも、私には責任が」

「ああくそ。普段強気な癖に、自分の幸せにはなんでそんなに弱気なんだ、キサラ・アーネスト」

アッシュは前髪を掻き上げ、もどかしそうに訴えた。

「いいか。責任を背負うのと、わざと嫌われて孤立するのとは違う。……生きたいんだろ？」

「……ええ……」

「じゃあそろそろ、罪を余計に背負って悪女ぶるのはやめろ。少なくとも数人は、キサラ・アーネストが悪いばかりのやつじゃないとわかってる。それくらいは受け入れろ」

「でも」

「でも、じゃない。……生き延びたいなら、冤罪《えんざい》と向き合え。少しずつでいいから」

「わかったわ……ありがとう」

アッシュはふっと相好《そうごう》を崩す。

労うように頭を撫でてくれる優しい手に、私は——少しだけ、肩の力が抜けるのを感じた。


ついにクラーラを確保し、フルニエール男爵の元へと連れていくことになった。

クラーラはともかくロンベル公爵夫妻は一応人質ということで、市民活動家の拠点に留まることになった。公爵夫妻に関しては市民活動家たちも許しているわけではないので、彼らまで出すのはヴィクトーも周りを納得させるのは困難ということだった。

クラーラを少し休ませたのち、家族の別れの時間を設けた。

軟禁され、疲れているようだったが彼らは生きていた。クラーラと同じ金髪で百合《ゆり》のような細身で美しい公爵夫人と、幾分かやつれた様子の公爵。夫妻は一人娘と代わるがわるハグをする。

「元気で暮らすんだよ、クラーラ」

「向こうについて落ち着いたら、こちらに必ず連絡を入れてね」

「……わかりました。お父様、お母様」

いかにも感極まった態度の両親に対して、クラーラはどこか冷めた様子に見えた。

私は彼女の気持ちがわかる。王太子の嗜虐趣味は高位貴族では暗黙の了解だった。それでも家名のため、王太子妃輩出家の名声のため、両親は王太子にクラーラを売っていたのだ。

今更、ここぞとばかりに愛情を示されても複雑な心境になるのは当然だろう。

ロンベル公爵夫妻は私を見ても特に反応はしなかった。

私は彼らの顔を覚えている。しかし彼らの方はキサラ・アーネストを知らない。

顔を晒していても、全く気づかなかった。

私は不思議に思う。『悪女』キサラ・アーネストはこの国中の人が知る悪い貴族の象徴のような令嬢だ。しかし私《キサラ》が立っていても、面識のない人はおろか――面識のある貴族でさえ、私《わたし》がキサラだと気づかない。

――キサラ・アーネストとはなんだったのだろう。

物思いに耽《ふけ》っていたところでふと、公爵夫妻の視線がこちらを向いているのに気づいた。

気づかれたかしら。ひやりとしたけれど、視線が射貫くのは私ではなかった。

夫妻が見ていたのはアッシュだった。先に口を開いたのは公爵だった。

「お前は覚えているぞ、何度か仕事を任せた暗殺者だな」

差別している相手を見る人間特有の、嘲笑うような軽薄な口ぶりだった。

「久しぶりだな、アッシュ」

「失敗した癖に、よく私たちの前に姿を出せたものね？」

ロンベル公爵はべたついた視線でアッシュを眺め、訳知り顔で笑う。

私は気づいた。アッシュにアーネスト公爵家を襲うように指示した依頼主は、ロンベル公爵だったのだと。アッシュは昏い瞳で彼らを睨む。ロンベル公爵はくつくつと笑った。

「キサラ・アーネストに殺されたという噂だったが、なるほど。あの小娘に殺されるというよりも、公爵家のメイドをたらし込んで生きているという方が腑に落ちる」

舐めるような視線が私に向けられる前に、アッシュは背に私を庇う。

公爵夫人が少し裂けた扇で口元を隠しながら言う。

「だから私は反対だったのよ、『獣の民《ヴィルカス人》』を使うなんて。いくらアーネスト公爵家への怨恨で働いてくれるとは言っても、所詮異民族を扱うなんて無理な話よ」

アッシュは黙って話に耐え、周囲の市民活動家の人たちは憎々しげな眼差しで公爵夫妻を睨む。

クラーラだけが針の筵《むしろ》に座らされているような、辛さを堪えるような顔をして俯いていた。

娘の目の前で話すべきことはこれなのか。

もう一生会えないかもしれない、娘との別れのひとときなのに。

私は自分が守ってもらえなかった頃を思い出す。

私もかつてはクラーラのように、感情を押し殺して耐えることしかできなかった。

虐待されて微笑みすらしていた。「私は傷ついていない」と周りに媚びて訴えるように。

けれど私はもう――かつてのキサラ・アーネストではない。

「ロンベル公爵夫妻」

私はアッシュと公爵夫妻の間に割って入る。そして目を見て言った。

「クラーラ様を助けられるのも、彼の力あってこそです。どうか侮辱はやめてください」

「っ……この、メイド風情が」

私はひるまず、背筋を伸ばして強く見つめる。

「お願いいたします。せめて最後は、クラーラ様と笑顔で別れて差し上げて」

公爵はカッと顔を赤くしたのち、躊躇いなく腕を振り上げる。メイドを躾《しつ》ける所作だ。

私は打たれても良いと思った。殴られることなんて慣れっこだ。

「やめなさい」

彼の振り上げた手を止めたのは、ヴィクトーの言葉だった。

「ロンベル公爵。勘違いしないでいただきたい。我々が貴殿らを丁重に扱っているのはあくまで理性的な対応をしたいと願っているからだ。……しかし忘れるな。理性は、尊厳を踏み躙られたものの怒りを御《ぎょ》することはできないのだと」

クラーラも私を庇った。彼女は泣いていた。

「お父様お母様、どうか……これ以上失礼を重ねるのはおやめください。王国貴族として、私たちは許しを願わなければならない立場なのですから……」

娘の涙ながらの懇願に、夫婦は舌打ちでもしそうな顔で気まずそうにする。

「チッ……知らないから庇えるんだ。おいメイド、その『獣の民《ヴィルカス人》』が何をしていたか教えてやろうか」

「お父様！」

声を張り上げ、いやいやと首を横に振るクラーラ。私は彼女に胸を貸して宥めた。

ヴィクトーが今まで見たことのない昏い目をして、アッシュを見やった。

「……アッシュ。あなたは彼らに報復を望みますか。望むのならば身柄を引き渡しましょう」

「なっ……！」

青ざめるロンベル公爵夫妻。

「そうだな……」

アッシュは、無感情な眼差しで彼らを一瞥すると首を横に振った。

「アーネスト公爵家に潜入するために利用していただけだ、それ以上でも以下でもない」

「それがあなたの答えですか。確かに受け取りました」

ヴィクトーはそれだけを言い、仲間たちに命じて公爵夫妻を軟禁部屋に戻した。

静まりかえった部屋で、クラーラの啜り泣く音だけが響き渡る。

目元を拭うとクラーラは、アッシュの前に膝をつき、深く頭を下げた。

「ごめんなさい。父があなたにひどいことを……」

アッシュは彼女の前に膝をつき、目の高さを合わせるようにして声をかける。

「顔を上げろ。あんたは悪くねえ。謝るな」

「でも……」

「もう終わったことだ。クラーラ公爵令嬢、あんたは幸せになれよ」

「アッシュ様……」

私もクラーラの隣に膝をつき、涙を拭って鼻をかませてあげた。ありがとうございます、と何度もクラーラはお礼を言う。

「お約束します。クラーラ・ロンベルとして生まれた責務、必ずエイゼリアで務めますことを」

そしてクラーラは、私を見てうっすらと微笑んだ。

「あなたともっと早くに出会っていたら、同じ苦労を知るもの同士、仲良くしたかったですわ」

「そう、ですね……」

胸の奥に、あたたかな手が差し伸べられたような感覚がした。

「私も、あなたともっと早く出会いたかった」

自然と手を取り合い、私たちはずっと昔からの親友のように微笑みあった。

私たちの様子を、アッシュとヴィクトーは穏やかな顔で見守ってくれていた。


二週間後。私はアッシュと共に波止場近くの高台に立っていた。

無骨な貨物船が目の前に浮かんでいる。

人払いしたタラップの前で、私たちはフルニエール男爵夫妻と娘、そしてクラーラ、数人のメイドたちと最後のお別れをした。フルニエール夫人と娘は私にきつくハグをして「必ずまた会いましょう」と言葉をかけて、先に船へと乗り込んだ。

残ったフルニエール男爵は私をやれやれといった様子で見下ろす。

「全く、いっぱい食わされたよ悪女には」

「良い関係だったじゃないの。もう会えなくなるのがさみしいわ」

「よく言うよ」

片眉をあげ、彼は私と軽く儀礼的なハグを交わす。彼は最後にアッシュを一瞥したあと、片手を上げて背を向けた。

「じゃあな。一介のメイドとヴィルカス人には二度と会わないことを祈るよ」

「道中お気をつけて。お元気で」

彼は背を向けて片手をあげると、タラップに上がって消えていった。

最後に残ったのはクラーラだ。

彼女は隣で胸に手を当て、不安と期待が入り混じった顔でそわそわとしている。そう時を置かず、上品な明るい色のスリーピースを纏った若い男性が颯爽とタラップを降りてきた。

紅茶色の甘い赤毛を靡《なび》かせた、華やかな顔立ちの男性だった。

彼を見た瞬間――クラーラは駆けだした。

「オリバー様‼」

彼も笑顔になり、タラップを駆けだしてクラーラを抱き止める。

「オリバー様……オリバー様、…………っ……私……！」

胸に飛びついて肩を震わせるクラーラに、オリバーも泣きそうな顔になる。二人の様子はまるで舞台のワンシーンのように絵になった。

「よかったわ……」

私は呟く。死に戻り《ループ》の間に何度も見た、劇のハッピーエンドの様子が重なる。

悪女が舞台で消えたのち、スポットライトの真ん中でヒロインとヒーローが二人で抱きしめ合う最高の瞬間。あの舞台のヒーロー役はオリバーだ。

私は気づいた。彼はきっと――舞台でも彼女を思って、ヒロインを抱きしめていたのだろう。

二人はたっぷりと抱き合ったのち、私たちに向き直って挨拶した。

「男爵子息としてはお初にお目にかかります、僕がオリバー・デイヴィズです」

「あなたたちが幸せになってよかったわ。クラーラを幸せにしてあげてね」

「ええ、もちろん」

彼は最後に、私に耳打ちする。

「あなたがキサラ・アーネストですよね。……よく覚えていますよ、その大きな瞳」

驚いて顔を見ると、彼はにっこりと笑う。

「人の顔を覚えるのは得意なんです。瞬間記憶ってやつですね」

「恐ろしいわ。内緒にしていてね？」

私がいたずらっぽく口元に指を立てて微笑むと、彼は帽子をあげて返事の代わりにし、クラーラをエスコートして去っていく。

クラーラは何度も振り返り、頭を下げて、彼と共に船に消えていった。

船が、港からゆっくりと去っていった。

「……終わったわね……」

ずっと沈黙していたアッシュが、私に尋ねる。

「本当によかったのか、行かなくて」

「なぜ？　私が行ってどうするのよ」

「キサラ・アーネスト以外の人生を選ぶチャンスだったじゃないか。メイドとして向こうに行ってもよかっただろうし」

「あなたを置いていけないわ。キサラ・アーネストとしてあなたがちゃんと穏やかな暮らしをできるまで側にいるわ」

私は口にしたところで、あっと気づく。アッシュはもう復讐も、目的も終わったのだ。

王国に用はない。あとはヴィルカス連邦に帰るだけ。ならば私はむしろ邪魔だ。

「……もしかして、私がいなくなった方が……気楽だったかしら？」

「あんた今更それ言うか？　離れる潮時はすっかり過ぎてんだろ」

アッシュは片目を眇めて笑った。

「言っただろ。あんたが一人で危ないことに首突っ込まないように、側にいるって」

エピローグ
「悪女と暗殺者」の、その先へ

「あ、雪だわ」

駅のホームにて、曇天の空を見上げる私が呟く。

「冬だな……」

隣で呟くアッシュも私も、フルニエール男爵から手切金として得ていたお金で買った厚手のコートを着込んでいる。赤いコートとお揃いのフェルトの帽子を深く被った私と三つ編みを襟に押し込んでこちらも深く帽子を被ったアッシュ。周囲の人々も寒そうに厚着をしていたので、私たちは特に悪目立ちせず人混みに紛れていた。

北へと向かう汽車を待っていると、駅前の演説の声がこちらにまで響いてくる。

貴族議会がついに国民議会を承認し、新たな政治体制が作られるという内容だ。

きっとこれから数年で、今までのイムリシア王国の在り方とは全く別のものになるのだろう。

市民活動家の中から次々と政治家が生まれ、あのヴィクトーも要職に就くのだという。きっと彼と会うことも二度とない。

「……どうなるのでしょうね」

「さあな。今は一枚岩に見えるあいつらも、いずれ色々困難になる。そこからどうするか、だ」

アッシュが言うように一枚岩ではない国民議会も、今後いつまで続くのか、どう落ち着いていくのか誰もわからない。貴族はもちろん、市民も、誰も、これからこの国がどうなっていくのか知っている人はいないだろう。

「そういえば、いつまで夫婦のふりを続けるのかしら、私たち」

「……さてね。いつまででもいいいんじゃねえの」

私たちの偽造身分証明証は変わらず夫婦として書かれたままだ。この身分証がいつまで使えるかわからないけれど、私はその存在が嬉しく思う。

「でもそれだと、アッシュは他の女性と結婚したりできないわ。地元に戻った時、困らない？」

「…………あんた、それ本気で言ってんの？」

「え？」

何を言いたいの、と聞こうとした瞬間、演説の鋭い声が耳に届いた。

「――そしてあの『悪女』キサラ・アーネストはまだ捕まっていない！　この国のどこかに潜伏している非道を繰り返した貴族たちに罪を償わせるのは、我々の責務であり――」

名指しで私が誹られた瞬間――私の手を握るアッシュの手が強張る。

彼は苦しげな顔で言う。

「……悪評は、どうしても消えないな」

「ありがとう、でもいいのよ。あなたは本当のことを知ってくれているし」

「そういう問題じゃねえだろ。……前も言ったが、あんたの人生はまだ続くんだぞ」

そうだ。死に戻り《ループ》は終わったのだ。そして私は親より長く生き延びて、二度と戻れない人生をアッシュと共に過ごしている。私はアッシュの真剣な眼差しを見上げた――アッシュの言うことは真っ当だ。私はこれからも、生きて幸せになりたいのだから。そしてアッシュのことも、幸せにしなければならないのだから。キサラ・アーネストとして。

「いずれあんたの汚名も雪がなきゃならねえが、今すぐは難しいな」

「……」

顔をじっと見上げる私に、アッシュが困惑を浮かべる。

「どうした」

「あなた……本当にずっと私と一緒にいてくれる気なのね」

「冗談だと思ったか？」

キサラ・アーネストを罵倒《ばとう》する演説が続くのを聞きながら、私は首を横に振る。

「ううん、でもこの調子なら一生一緒にいてもらうことになりそうね？」

「ならそうするしかないな」

「ふふ、まるで本当の夫婦みたい」

暗殺者と、仇の娘の悪女なのにずっと一緒にいるなんておかしな話だ。

くすくすと笑っていると、アッシュが話しかけてきた。

「……なあ、あんたにとって俺はなんなんだ」

「え？」

「どう思ってるのか聞かせてくれ」

見上げると、アッシュが真剣な眼差しでこちらを見下ろしている。繋がれた手が熱い。強く射貫かれ、一瞬時が止まったように感じる。胸が高鳴る。

私は空へと目を移し、考えた。

「……そうね。真面目に言われてみると、私にとってあなたって難しい関係よね。償う相手？　頼れる暗殺者さん？　料理が上手くて、一緒にいると楽しい人？」

考えた末、ふっと私の頭の中をあの舞台が過《よ》ぎる。

まるで夜会のダンスのように、男女一対で体を寄せ合って。悪女と、彼女を抱きしめナイフで貫く彼女と共に生きた男。

悪女が悪女たりえる舞台を、抱き合って二人で作った相手。

彼がいなければ悪女の物語は終わらない。同時に悪女がいることで、彼は己の刃で物語を終わらせることができる——。

「相棒よ。パートナー！　どうかしら？」

「……なるほどね、よくわかったよ」

「何よ。不満なの？」

「いや、満足だ。今はそれくらいでちょうどいい」

頭を雑にくしゃっと撫でられ、話を打ち切られる。

呆然とする私に、アッシュが顎で示した。

「いくぞ、列車が来る」

「ちょ、ちょっと……あなたのほうこそ、何を考えてるのか教えてよ」

「ほら、歩きながら話すと舌噛むぞ」

人混みで手を繋いでホームを歩く。向かう先は北。列車に乗って、ヴィルカス連邦との国境の故郷の町、イヴォーリテへ。私の母の故郷だ。

行けば私の本当の家族がいるかもしれない。アッシュも国境から、ヴィルカス連邦の情報を得られるだろう。旅路は期待に満ちていた。

キサラ・アーネストを罵倒する演説も、もうすっかり、耳に入らない。

私は白い息を吐いて、アッシュを見上げて笑った。

「これからもよろしくね、アッシュ」

「ああ」

微笑むと、アッシュは咳払いして手を強く握り直し「行くぞ」と呟いて先を急いだ。

死に戻り《ループ》を超えたハッピーエンドの先を、アッシュと二人で駆けていく。

きっと、楽しいことがたくさん待ち受けているはずだ。

ArianRose
アリアンローズ
アリアンローズ新シリーズ
大好評発売中!!
転生者であるカムデン侯爵家の娘セラフィーナは七つも年上の王太子から、
突然婚約を申し込まれてしまう。
その後も王太子クリスからの好感度の高さが謎過ぎて……。
年の差、溺愛、乙ゲー転生ファンタジー第一弾、開幕！
好感度カンスト王子と
転生令嬢による乙ゲースピンオフ
著：ぽよ子　イラスト：あかつき聖

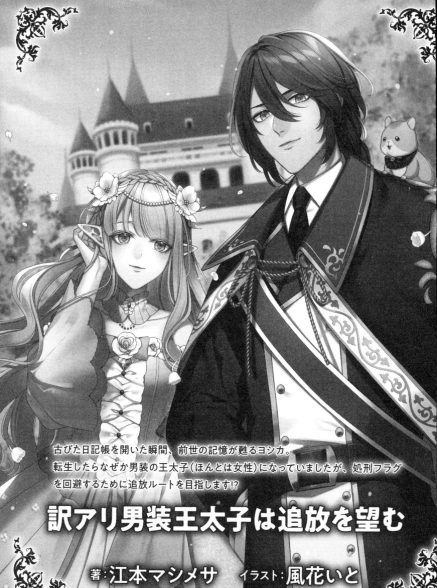

ArianRose アリアンローズ
アリアンローズ新シリーズ
大好評発売中!!
国一番の商家・ベルチェリ伯爵家長女のライラは、ひょんなことから幼なじみの
宮廷魔術師団長ヘルムートの婚活を手伝うことに!?
嫌われ魔術師様の敏腕婚活係
著:倉本 縞　イラスト:雲屋 ゆきお

死に戻り令嬢は憧れの悪女を目指す
～暗殺者とはじめる復讐計画～ 1

＊本作は「小説家になろう」（https://syosetu.com/）に掲載されていた作品を、大幅に加筆修正したものとなります。
＊この作品はフィクションです。実在の人物・団体・事件・地名・名称等とは一切関係ありません。

2024年2月20日　第一刷発行

著者 ……………………………………………… まえばる 蒔乃
©MAEBARU MAKINO/Frontier Works Inc.
イラスト ………………………………………………… 天領寺 セナ
発行者 ………………………………………………… 辻 政英
発行所 ……………………………… 株式会社フロンティアワークス
〒170-0013　東京都豊島区東池袋 3-22-17
東池袋セントラルプレイス 5F
営業　TEL 03-5957-1030　FAX 03-5957-1533
アリアンローズ公式サイト　https://arianrose.jp/
フォーマットデザイン ………………………… ウエダデザイン室
装丁デザイン ………………………………………… AFTERGLOW
印刷所 ……………………………………… シナノ書籍印刷株式会社